JN041096

亡国の
聖女の罪と罰

碧 千塚子
aoi chizuko

亡国の聖女の罪と罰

目次

◆用語説明

宿本陣	江戸時代、大名や公家などに提供した宿舎の名称。
御成門	大名が駕籠に乗ったまま出入り出来る門。
先触れ状	大名など貴人が道中する場合の行列の到着を知らせる公式書状。先触れ状が届いた宿本陣は貴人の管轄となる。
留め石	拳（コブシ）大の石に黒い棕櫚縄（シュロナワ）で十字に結んだ立ち入り禁止を示す石。
式台	表座敷と玄関との間に設けられた一段低い板敷。客を送迎して礼をするところ。

◆主な登場人物

碧小路家	江戸時代宿本陣として栄えた格式ある家柄。
碧小路総衛門	明治になってからの碧小路家の当主。
聡一郎	総衛門の長男。ドイツ留学。
美和	聡一郎の長女、イタリアオペラ留学。
芳	次女
絹	三女
千塚子	芳の娘『私』

久我山民子	元華族の妻・夫と息子を失い平民になる。
尚子	民子の娘、聡一郎の妻になる。
鴨志田泰次郎	芳の婿・千塚子の父。
ミレーヌ	美和の学友、スイス出身。
マヌエラ	美和の学友、リビア出身。
クロード	ミレーヌの友人。
フランコ	美和と同じ学生宿に宿泊、美和に心身ともに痛手を負わせる。
ヴィスコンティ医師	美和の心身の治療に献身的に当たる。
トスティ・ゴドルソン	バリトン歌手、『ワルキューレ』で共演者として美和を見出す。
ゴルディア	元ソプラノ歌手、美和の指導に当たる。

聡一郎ドイツ留学時代（鹿鳴館時代～回想）

ヘーゲル　聡一郎の学友、後に聡一郎に災いをもたらす。

チュチュ　聡一郎の恋人。

丸山浩介　聡一郎を陰から支える。丸山航太郎の叔父。

駐独日本大使館でのコンサート（第一次世界大戦後～）

丸山航太郎	軍属医、ドイツ留学。
中村中尉	叩き上げの軍人。
ルイジ・ウェルバー	リビア総督官、後に日本に赴任

するが……

| マリオ | 美和の息子。 |
| ムッソリーニ | 経済再復興を掲げたファシ『結束』は後にファッシスト『独裁者』に変貌。 |

碧猪村（第二次世界大戦中～）

倖恵	絹とマリオの間に生まれた不倫の子。碧い眼をした子…
黒沼家の嫁	昔は脇本陣、明治に入り表街道に移り県政を握る。
弥三郎	呉服屋亀谷の三男、絹と結婚、達子の愛人。
達子	丸山航太郎の許婚、弥三郎と関係を結ぶ。

ヴェネチアから『神の手村』(第二次世界大戦後～)

カイ	アフリカの孤児、マリオに影のように付き添い尽くしていたが……
シェルベスター夫人	ユダヤ系亡命者。
コルンゴルド	神童と謳われ『死の都』はじめ数々の作曲をしたが、ユダヤ系であるためにアメリカに亡命。
マッテゾン	スイスの高級宝飾時計会社、社長。
ダニエル	倖恵に魅了され婚約。

碧小路家系図

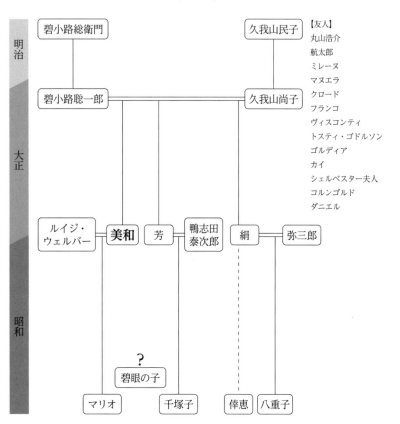

明治	碧小路総衛門		久我山民子
大正	碧小路聡一郎		久我山尚子
	ルイジ・ウェルバー	**美和** 芳 鴨志田泰次郎	絹 弥三郎
昭和		？ 碧眼の子	
	マリオ 千塚子		倖恵 八重子

【友人】
丸山浩介
航太郎
ミレーヌ
マヌエラ
クロード
フランコ
ヴィスコンティ
トスティ・ゴドルソン
ゴルディア
カイ
シェルベスター夫人
コルンゴルド
ダニエル

亡国の
聖女の罪と罰
第一部

我が家には秘密がある。（言ってはいけない事がある。）

第一部

1・1　プロローグ

　明日から国民学校初等科の夏休みが始まるので、遠回りをして同級生・金子友子の家に寄った。そこは昔、二軒茶屋峠と言われた所だが、今は友子の粗末な小屋のような家が建っているだけである。

　私達は家には入らず薪束の上に座って、眼下に広がる碧小路家の屋敷を眺めていた。

「千塚子ちゃん。ジャガイモを茹でたけど一つ食べて行きなされ」と、友子の母が言いながら、笊に石のように硬そうな茹でたジャガイモを盛って来て、

「お母さんにお変わりはないかの〜」と私と友子の間に座った。私は曖昧に、

「は〜」と返事を濁した。

「いつ見ても碧小路家のお屋敷は立派だの。こうしてここから見る分には、今にも大名行列がお着きになるようじゃ。うちの爺さんは話がとても上手で、講談師のようだったよ。碧小路家に大名の到着を知らせる先触れ状が届くと、村中のものは大名様や家来の食事の支度や人数分の草履や蝋燭の準備やらで、駒鼠のように走り周り、一通り準備が済むと、ご案内の役人が村境まで出向いて行くのがここから見えたそうだ。碧小路のご当主さまは、羽織袴で、ご到着なさる御大名様を玄関式台でお待ちな

さったそうだ」

「はー」と私はまた煮えきらない返事をした。

「先触れ状を持った大名の使者がお着きになると真新しい大きな板に墨をたっぷりつけた大筆で大名様の藩の名前とご宿泊の月日を関札にお書きになる。そうするとまるで魔法にかけられたように、碧小路のお屋敷はお大名様の管轄の下に置かれ碧小路の旦那さまでも自由に出入りはできなかったもんだよ」

　もう何十年も前の話だ。江戸の徳川将軍の世代は終わり、明治、大正時代に続き今は昭和になっているのだ。ただ宿本陣であった壮大な建物だけが残されている。

　長い土塀で囲っていても、ここからは屋敷内が丸見えで、まるで私が裸にされている思いだった。

　小母さんはいい人だが、爺さんに似たのか話し好きだ。「イタリアからあんたの伯母さんの美和ちゃんが帰ってきているそうじゃないか、今は何をなさっている？」

　私にはわかっていた。電気がやっと通ったようなこのような田舎では下駄の鼻緒が切れたことさえ噂になる。まして一度はイタリアのオペラ界の主役にまでなったという伯母さんが得体のしれない子供を連れてイタリアから帰国したという話は格好のうわさ話のネタになっていることだろう。小母さんはそれを聞きたかったのだ。我が家には秘密がある。言ってはいけないことがある。

　私は東京から疎開をしてきた絹叔母さんと、イタリアから帰ってきた美和伯母さんと母の芳との秘密の話を聞くともなく聞いていた。まだ子供だった私にも、それら

を決して誰にも話してはいけない事だと分かっていた。
「おばさん、家で母達が待っていますので」といって逃げるように峠を下りた。悪い人ではないのだが話の中に嘘が混じっていて、小母さんの話は何処まで本当で何処から嘘なのか見当がつかない。一つの話が十通りの話になって広まる。

　不思議な事にその娘の友子は寡黙である。私と２人で１時間も蟻の行列を黙って眺めていたりする。そしてしまいに互いに顔を見合わせて、
「うふ……」と微笑む。

　じりじり照りつける太陽が、木々の間から照りつけて、肩に掛けた防空頭巾を放り出したくなる。が、誰がどこで見ているかも分からないし、校長に告げ口されるのが厭なので、綿がずっしりと詰また防空頭巾を首からぶら下げて歩くしかない。
　不意に後ろから爆音がした。防空頭巾をかぶる間もなく数機の爆撃機が頭上を飛び越していった。身をかがめることが精いっぱいでした。日本がアメリカの真珠湾を爆撃してから重工業地帯や大都会が爆撃されたとの驚きのニュースが流れ始めたが、それもいつの間にか日常になっていった。こんな山奥にまで爆撃機が飛んでくるのかとその方が驚きであった。グラマン爆撃機は高い山並の向こうに銀ヤマトンボのように飛んで行き、ふっと消えた。
　トモ子の小母さんの話を聞いたせいか大名行列の後を

ついて歩いているような気になった。しかし、昭和生まれの私はもちろん祖父も曾祖父さえも実際に我が家の宿本陣に入る大名様の行列を見たものはなかった。近道をするために街道からそれて獣道を通り、塀の崩れから屋敷に入った。

　そういえば友子が決してわが家には入らないと気付いた。母親にさんざん聞かされているからだ。そのいくつかはでたらめでそのいくつかは本当である。

　幕末には血気にはやった浪士たちが、尊王攘夷と言って切り合い殺し合った。

　宿本陣であった屋敷の柱に刀傷が、天井には血飛沫があった。襖や障子は張り替えられて畳は取り換えられていたが、天井や廊下に残った血痕は100年たった今も、歴然と残っている。

　汗が滝のように流れた。もうすぐ国民高等小学校は休みに入る。友子の家まで遠回りをしたことを少し後悔しながら、土塀の崩れた穴を潜（くぐ）って家に入った。門を潜るより少しだけ近道である。

「千塚子、お帰り」と言う母の声も、
「千塚子ちゃん、お帰りなさい」と言う明るい叔母の声もなかったので、玄関に手提げ袋と防空頭巾を置いて、ひょっとして、と思って普段近づかない御養所の方に足を向けた。

　友子は決してこの屋敷に足を踏み入れない。その中でも、御養所はもっとも気味が悪い。友子の小母さんは、

そこで行われた心中話や切腹などまるで見ていたかのように語る。

　私がそこへ足を向けたのはひょっとして、とやっと気付いたからだ。

　小母さんの聞きたかったことは、こちらだったのだ。

　いつもなら閉め切られている御養所の障子が、この蒸し暑さのせいでしょうか？　２,３寸開けられており、何やら人の気配がして私は障子の隙間からそっと部屋の中を覗き込みました。いきなり金ダライの水がキラキラと目に反射して、目眩がして思わずかがみ込んでしまった。

　その時、部屋の中で慌ただしく人が立ち振る舞う気配がして裏口から産婆が何かを抱えて出て行って暫くして戻って来た。

「絹、気をしっかり持って頑張るのよ、もう一息だからね」

　中から母の声がした。

　恐る恐る首を伸ばして再び部屋の中を覗き見た光景は、それは、それは淫靡なものでしたが、また今思い出すと残酷な光景でした。

　産気づいた叔母の絹を大人数人が、頭を揃えて覗き込んでいたのです。

　暫くして産道から赤ん坊の頭が見えてきて、その頭にふさふさとした黒い髪が生えていたので、一同ほっと喜びの声を上げたのです。この倖恵の倖の字はめったに起こらない幸運を意味しております。

その赤ん坊・倖恵の母親は、私の叔母、絹そして父親は何と私の伯母の美和の息子マリオ。つまり倖恵は甥っ子と叔母の間に生まれた子でした。双子は私の従妹たちであり、また姪たちでした。

　倖恵が生まれたのは、第二次世界大戦の終戦2、3週間前、暑い夏のことでした。もし倖恵の頭が金髪や縮れっ毛で覆われていたら、この世に生をなしていなかったでしょう。ですから倖恵と思わず名付けたのでした。

　何から話していいのか分かりませんが、公然の秘密となって語り継がれて来たこの出生の秘密を、今は思い出す者もなくなっておりました。

　物事には始まりがあり、終わりがあります。始まりは大抵情熱的に語られるものですが、終わりは何故かうやむやのうちに終わります。始まりまで辿ると言いましても、実はそれは私にも何処が始まりなのかはっきりしないのです。

　分かっていることだけを言います。

　明治末期から大正にかけて、聡一郎と尚子の間に3人の娘が碧猪村に誕生したのです。長女美和、次女芳、そして三女の絹の三姉妹でした。私の母・芳と叔母たちの誕生でした。特に長女の美和は容姿ばかりでなく天性の美声の持ち主だったのでした。天は二物を与えずと申しますが、その二物を授かった美和はなぜか幸福とは、縁遠い人生を送るのでした。

1・2　碧猪村

　私達碧小路（あおこうじ）一族の生家は碧猪村（あおいむら）にありまして、江戸時代には庄屋、宿本陣を務めさせていただいておりました。参勤交代でお大名様一行が江戸城に上る時、またお暇帰国（いとまきこく）で国元にお帰りになられる時にお宿を提供するお役目でした。

　碧猪村は山中にありながら、日本海から吹き付ける冬の厳しい風も美山（みやま）と呼ばれる山にうまく遮られて、まるで陽に干した布団にくるまれているかのようにぬくぬくと暖かく、うみ（湖）は凍っても碧猪湖は凍らないと言われてきました。

　ご維新で大名行列が無くなりまして、本陣としての大名行列のお大名様や、公卿、高僧の方々をお泊めすると言う役目は無くなりました。

　明治になってからは格式ある保養所として元藩主様や華族様、新しく高級役人になられた方々等の定宿（じょうやど）としてご利用をいただいておりました。が、それもつかの間、富国強兵政策に伴って街道が整備されることになり、美山に西から東に抜けるトンネルを通して鉄道馬車なる物が敷かれ、さらに本街道が新しくできたのでした。

　今までの街道は裏街道となりました。それでも昔を懐かしんでお公家様から華族様に成られた方々が、ご家族様とゆっくりと過ごされる高級保養所として存続しておりました。

しかし、人間の作った世界は自然の脅威の前では、無力で人情もはかなく散ってしまうのです。

　大名行列にも使われておりました碧猪村から京に上る吊り橋が、何箇所か嵐や地震などで崩れ落ちた時などには、それまでなら近郷から人足が直ちに集まるのに、裏街道になった悲しさ、修理に回す予算も人足の手配も出来なかったのです。
　人の情けと、世の移ろいは儚く、何と客足はバッタリと途絶えてしまったのです。

　徳川様の世は、名前こそ明治と変わりましたが、ご維新から十数年、諸大名、公家様、何か功を上げた方々が士族、華族様に変わられまして時の政府から体面を保つためのいくばくかのご扶助が与えられました。
　しかし、残念なことに名字、帯刀を許され本陣を務めさせていただいていた碧小路家には何の恩恵も無く、本陣の役を解かれたのです。

　それでも碧猪村は豊かな資源に恵まれていたので、近郷の村々より豊かでした。
　しかし、鉄道が美山を突き抜け敷設されてから、今まで脇本陣の当主だった黒沼が、いち早く屋敷を鉄道駅の近くに移し息子を洋行させ、何かと表舞台に出るようになりました。田んぼや畑を持たない小作人たちも仕事を求めて鉄道駅周辺の新しくできた工場などに働きに出て

しまいました。

　私の曽祖父・総衛門に、後に美人三姉妹の父となる跡取り息子・聡一郎を授かった時は、すでに40になろうとしておりました。時はすでに明治となり廃藩置県政策によって日本は中央集権国家となりました。江戸幕府の長い鎖国から解放され洋行帰りの官僚が新政府を動かし始めたのでした。

　息子に対する期待は膨らむ一方で、ありとあらゆる学問を幼少の時から受けさせました。

　漢学(かんがく)は言うに及ばずドイツ語、オランダ語、声楽まで修めさせたのです。国の富国強兵の思い入れは熱く、新しい知識を学ばせるために多くの若者を欧米に留学させ、その時、逆に日本にはお雇い外人指導者と呼ばれる技術者が、日本の工業の発展に力を尽くしに来日したのです。

　その中に、音楽に憧憬の深いドイツ人がおりました。総衛門は息子にその音楽の教育まで受けさせたのでした。

　聡一郎が生まれた時から総衛門の夢は着実に進み始めたのでした。また聡一郎も父・総衛門の期待に良く応えました。

　帝大の法学部を卒業して、ドイツに官費留学することになったのでした。村や県ばかりでなく国を上げて壮行会が挙げられて、晴れがましく村を出たものの、たった２年余りで強制帰国となったのでした。表向きの理由は総衛門の死でした。

1・3 聡一郎の苦悩

　聡一郎が法学を学ぶためにドイツに渡った頃、日本では徒花のように鹿鳴館文明が花咲いていた時でした。彼が留学した時のドイツの宿にはペーターがおりました。彼は聡一郎が通う同じ大学の学生でした。学業にも優れ容姿端麗で遊び好きで、何人かの恋人を持っていました。

　聡一郎はその中の一人のイタリア人留学生でオペラ歌手の卵と恋に落ちたそうです。それがどのような経過を経て、ドイツから強制退去になったのかは分かりませんでした。

　何があったのか分かりませんが、帝大を出、ドイツまで渡ったのですから、何か立派な官職に就いてもいいようなものですが、聡一郎は帰国後、大きな屋敷の中に籠ってしまったのでした。

　本街道から外れた碧猪村は日本中、富国強兵、産業革命の波が吹き抜ける中、江戸時代よりもひっそりと静まり返ってしまったのです。何しろ旧家で洋行帰りとあって聡一郎に山ほど縁談があったのですが、それには耳を貸さず、屋敷に籠りきりでした。

　碧小路家にやっと春が訪れたのは、もう明治も終わり大正時代になろうとしていた頃でした。

　聡一郎は帰国後、10年近くの蟄居同様の生活の後、彼が娶ったのは元子爵ですが家督を継ぐ男子が夭折し当主

も若くして亡くなったので、爵位を返上し平民となった女の娘でした。

　平民となった母、久我山民子と娘・尚子の２人が流れ着いたのが碧猪村の元宿本陣、碧小路家だったのでした。何回かの冬を其処で過ごすうちに、尚子が聡一郎の子、美和を身籠り妻になったと聞いております。

　止まっていた時計が動き出すように、碧小路家が動き出しました。聡一郎の私利私欲のない清廉な人柄は県政から国政へと押し上げられて行きました。

　賑わいを取り戻したかのように見えた碧小路家にまた悲劇が襲いかかりました。３人の娘を残し妻の尚子が急死してしまったのでした。しかし彼には悲嘆にくれている暇も、後戻りすることもできませんでした。

　国会議員として政務に励み、国元と東京を行き来していたのでした。

　ある時、国会も閉会となり国元の碧猪村に帰る前に立ち寄った銀座で、ドイツで聞いたことのあるオペラのアリアが流れているのを聞き、闇雲に蓄音機を買ってしまい、莫大な金を払った。蓄音機を手に入れると今度は、レコード盤を探すのが大変でした。聡一郎の楽しみはそのレコードから流れるアリアを聴くことでした。

　彼と公卿の流れをくむ尚子との間にできた美和は日本の唱歌を覚えるように、原語でオペラのアリアを次々に覚えていったのです。国元になかなか滞在している暇のない父が、アリアを歌っている時だけは美和を膝に乗せ

うっとりと聞きいってくれたからでした。

　そして女学校に通い始めた美和の才能を見出したのは、東京の音楽学校のバッツオリーニで客員教授でした。
　碧小路家に避暑に来ていて、屋敷の中で美しい歌声を耳にしたのですが、辺りには誰もいませんでした。不思議に思って御成門から出てみますと、その歌声は遥か彼方山の中から聞こえてきます。
　間もなく一人の少年が坂道を気持ち良さ気に馬上で歌いながら近づいてきた。それがオペラ『ナブッコ』の一節で、イタリアでは国歌のように歌われている『行け、わが想いよ、金色の翼に乗って』だったのです。「さて、あの声はボーイ・ソプラノか」と近づく馬を見ておりますと、髪をきりきりと後頭部に高く結び、剣道の胴衣に男袴を身に付けて、馬からひらりと降りたのは、背丈が５尺５寸（165センチ）を超え、男の子のようにはっきりとした顔立ちながら、涼やかな黒い大きな瞳をした紛れもない美少女でした。
　一目で美和に魅入られた彼の眼には、オペラの舞台を天馬に乗って縦横に舞う美和の姿さえ見えたと言います。
　彼は早速、聡一郎に美和をイタリアに留学させるように説得いたしましたが、何故かなかなか首を縦に振りません。
「このような田舎育ちで、その上彼女を男のように育ててしまいました。イタリアへ行かせるどころか東京にさえ出せません」と頑固に言い張るので、それもそうだと

一旦は納得しましたが、諦めきれずに、

「私の東京での音楽学院の任期はあと半年あります。どうでしょうか、その間お嬢様を私どもの学院に預けてくださらないでしょうか」

　バッツオリーニはドイツ語とイタリア語と習い覚えたばかりの怪しげな日本語を交えて懸命に説得しますが、それでも首を縦に振らない聡一郎に、

「それほどお嬢様の事が御心配ならば、いっそ我が音楽学院に編入させてはいかがでしょうか？　議員宿舎は我々の音楽学院の目の前、議会会期中は毎日監視できましょうぞ」と言う一言を聞いた聡一郎は、

「では貴公が日本に滞在中」と条件を附けて承諾いたしました。

　美和が東京に出て聡一郎との２回目の会食の時でした。ホテルのレストランに現れた美和の左手には包帯が幾重にも巻かれており、美和の頬にも擦り傷がありました。聡一郎が仰天しますと、

「もういやですわ、こんなの」と半ベソをかきながら言うではありませんか。

「いやならすぐにでも田舎に帰ろう」と聡一郎が言うと、

「違いますのよ、お父さま。前にお会いした時に学院の門限に遅れて塀を飛び越えて入ろうとしましたのよ。何ということ。女袴っていやですわ。足を広げられないのよ。袴に足が一本しかないのよ。一本分の足に二本の足を突っ込むのよ」と言うと美和は椅子から立ち上がり女

袴の中で足を踏ん張って見せた。周りからくすくすと忍び笑いが起こった。

「ねえ、これしか足を広げられないのよ。塀の途中に宙ぶらりんになっても塀に足をかけることもできずにこのような怪我をしてしまったの」

「呆れた奴だ」

「ねえお父さま、男袴を穿く許可を学院にとって下さい」

「ここは田舎とは違うのだ。碧猪村の女学校では馬での通学と言うことで無理に男袴を穿く許可を取ったが、今度は塀を乗り越えるために許可を取れというのか」と聡一郎は呆れ顔で言うのでした。

　学院に慣れるにつれて美和の話には、だんだんオペラの専門的な話が多くなってきた。美和の進歩に嬉しさが半分、残りの半分はこのままではイタリアに行かせる羽目になってしまうのだろうかという不安が膨れ上がって来たのでした。

　国会の会期中は毎日娘の美和に会えるとバッツオリーニの言葉に動かされて、東京の音楽学院に転校させたが、それは娘をイタリアに送り出す道筋でもあった。

　聡一郎の国会の会期が終わり、国元に帰る前に美和とバッツオリーニと帝国ホテルで食事をした時でした。

「ねえお父さま、それでなくても背が高いので人目につくのに、こんな大きなリボンを頭につけさせられて、まるで見世物のようですわ。道行く人がじろじろ見ますのよ」

聡一郎は今風に矢羽の着物に海老茶の袴を穿き髪には大きなリボンを付けた美和が見違えるほど美しくなっていることに、誇らしさを覚えるとともに言いようのない寂しさを覚えた。

はっきりとした目鼻立ちが男の子のように見せていたが、頬などが少しふっくらとして娘らしくなったことで、聡一郎の妻・尚子にはっとするほど似てきたのだ。

「尚子」と、胸の中で若くして亡くなった妻の名を呼んだ。15で聡一郎の妻になった尚子にも、矢羽の着物に海老茶の袴を穿かせ女学校に通わせるべきだったのに、と聡一郎は賑やかにしゃべり続ける美和に尚子を重ねて想うのでした。

「去っていく！　儂から去っていく！　尚子、美和、それに……」と傷心と後悔の念に囚われ始めた聡一郎に、

「ね～、聞いていらっしゃって？　心配な事がありますのよ。私の馬の青鹿毛の事よ。書生たちには絶対に乗らせないでくださいね。特に書生頭の晋三には。ろくに乗れないのに青にまたがってしがみ付くものですから、厭がって振り落そうとすると、思いっきり鞭をくれますのよ。青に振り落せと合図をすればよかったわ」

「わかった。青は儂の馬にしよう」

娘が父との別れより馬との別れを案じているのかと愕然とした。

バッツオリーニが、

「これでイタリア渡航のための書類が全部整いました。私は準備がまだ残っているのでこれで帰らせていただき

ます」と席を立った。

「陰口を叩くようで気がひけますが、あの書生頭には気を許さないで下さいね」と日本語で囁いて、父の顔を見ると疲れたのか精気が無くがっくりと年を10も重ねたように見えた。美和は次の言葉を飲み込んだ。告げていれば後に訪れる碧小路家の苦境を防ぐことが出来たかもしれなかった。

　それから間もなく、バッツオリーニ教授の帰国時に伴われてイタリアに渡った美和はまだ18歳になったばかりでした。

1・4　美和の留学

　美和にとってミラノの生活は楽しいものでした。東京では、京風の立居振る舞いや言葉に混ざる方言が侮蔑の対象になっておりましたが、ここミラノは、世界中の国々から出てきた生徒が覚束ないイタリア語で会話するので、そんな揚げ足を取っている暇など誰にもなかったのだ。

　1920年代のミラノの町は、ムッソリーニの"リ・ルネッサンス"政策により活気に満ちあふれ、夜になると運河沿いのガス燈の下を、明るく煌めいて着飾った人々の群れが、まるで舞台の中の登場人物のようにそぞろ歩くのでした。

　美和は自分がイタリアに居ることが夢の中のことのようで、イタリア語で話していることさえ現実には思えませんでしたが、人の群れに父に似た姿をいつの間にか探しているのでした。

　美和がミラノに来て一年、気付くと国の事情で帰国する者、素行不良で退学になる者、そしてホームシックに駆られて帰国する者等、20数人一緒に入学した生徒は何時の間にか10人足らずになって、半数が入れ替わっていました。

　歌の発声練習ばかりでなくイタリア語、フランス語、ドイツ語の勉強も有り、美和には寄宿舎と学校が生活の全てで、買い物にすらほとんど出たことが無かったのです。

ただ、父・聡一郎の膝の上で日本語の歌を覚えるように覚えたオペラのアリアの歌詞は完璧だったのでした。その油断が美和の運命を大きく変えました。

　２年目に入って恋人と同棲をするために宿舎を出る者が増えた。その内の１人がリビア出身のマヌエラだった。マヌエラは170センチ近くの長身でいつも静かに前かがみに歩いていた。

　夏休みや冬休みなど長期の休暇の前ともなると、近隣諸国からきている生徒はもう休の何か月前からその話題でもちきりになる。唯一のアフリカ出身者のマヌエラは美和と同様、その話題の中には入れずにいた。

　休暇に入った閑散とした寄宿舎に最後まで残っている２人は、何時の間にか食事など一緒にするようになっていた。

　そのマヌエラから、

「今度寄宿舎を出ることにしたの。学校から少し遠くなるけど決めたのよ。来て下さいね」と言われたのはミラノに来て一年ほど過ぎてからだった。

　宿舎からほとんど出たことのない美和はマヌエラから教えられた新しい住居に行くことにした。

　運河沿いの路面電車を降りて川を半分埋め立てて造られた道を５、６分歩くと、小さな石造りの家がありました。ドアをたたいても誰も出ないのでそっと開けるとドアはギーという鈍い音を立てて開いた。美和は声をかけておずおずと足を踏み入れた。

　外壁に比べ中はこぎれいで暖かな暖炉が美和を迎え入

れてくれた。ストーブには湯が煮え立っており、湯気の向こうにマヌエラの姿があった。

　マヌエラは学校での地味な姿と打って変わって腰にうすい布を巻いただけの裸身は神々しいほど美しく、今彫りあげられたばかりの彫像のように端正であった。

「ごめんなさい、もう終わるわ」

　マヌエラは傍にあったガウンを羽織った。傍には頭にターバンを巻いたイスラム系と思える男がスケッチブックを閉じた。

「こちらがミワよ、私の初めてのお客さまよ」

　マヌエラは傍らの男に甘えるように言った。

「スムソンです」と椅子からよろよろと立ちあがり挨拶した男はマヌエラよりさらに背が高く、美和には恐ろしく思えた。リビアはイタリアとの関係が昔から深くリビア人がイタリアの総督になった時代もあったと言う。美和はその話の半分ほどしかその時は理解できなかった。そもそもリビアが何処にあるかさえ知らないでいた。

　美和はその時初めて男女が愛する時に発する切ないほどの情を感じた。

　散々オペラで男女の情愛を歌ってきたが教授達の言う「感情が足りない」という意味が分かったような気がした。言葉の一つ一つ、眼差しの一瞬の揺らぎの中にも彼らの切ないほどの愛情の深さが垣間見えたのだ。

　美和は２人の異常な雰囲気に何を食べたかも分からないほどでその家を出た。

　もうガス燈が灯っていて、美和とマヌエラは２人並ん

で暫く運河沿いを歩いた。
「スムソンは彫刻の為の大理石を切り出しに行って右足を失ったの。働けなくなったのよ」
　そして学校で習い出したばかりの『ラ・ボエーム』の一節を歌い出した。

　ラ・ボエームはジャコム・プッチーニの作曲したオペラで、パリで暮らすボヘミアン達の経済的に苦しい様子を描いたイタリアオペラ。徹夜で描いた絵を売ってパスタに替えてしまうような貧しい生活を描き出している。
「私は絵が描けないけど、パスタのために裸になってモデルとして働くの」
　そう言うのを聞いても言葉も出ない美和に、
「私は心を持たない石の彫刻になるの。だから大丈夫よ」
と言ってマヌエラは再び『ラ・ボエーム』を小声で歌った。

『♪　お金は全くなく、結局一枚の絵はその後、一杯の
　　　パスタに変ってしまった』

　美和は「お大事に」と言うのが精いっぱいで、マヌエラの歌が聞こえなくなるまでガス燈の下に立ちすくんだ。
　だんだん濃くなる霧は美和のコートをしっとりと重く包み体の芯まで凍らせた。東京を出る時父の聡一郎が銀座で誂えてくれたコートはミラノの霧が体の中まで入り込んで冷やすことを防いではくれなかった。

せめて毛皮の襟巻でもと思うが、選挙の度にいやな人にも頭を下げ続ける姿や、木を切り倒し幾つもの山木を切り倒してまで送り出してくれた父を想うと、さらに「金を送れ」などとは言いだせなかった。

今まで上手に歌うことだけで満足していた自分の浅はかさと、山を丸裸にしてまで自分を送り出してくれた父の思いの深さに、何と応えればいいのかと思い惑った。

霧はどんどん深くなるばかりであった。もう路面電車も無くなっていてガス燈を頼りに寄宿舎を目がけて歩き出したが、体は鉛のように重かった。

その時往きには気がつかなかったが、にぎやかな声がする建物があった。鎧戸を閉め忘れたのか、窓から部屋の中が見わたせた。

ピアノの周りには若い男女が笑いあい歌いあっていた。その中に寄宿舎から出て行ったばかりのミレーヌがいた。特に親しい友達ではなかったが、縋り付く思いでドアを叩いた。

「どうしたの、こんなに冷たくなって？」

ミレーヌの声を聞いたとたん、美和はその場にへたり込んでわっと泣き出した。涙が止めどなく流れた。

東京音楽学院での半年間、ミラノのセントオルニーニ音楽学院での１年余り、学ぶことは山ほどあるのに、精も根も尽きはて、金もここで尽き果てるのではないかと恐ろしくなったのだ。

出国時に資金を心配する美和に、

「なーに心配することはない。切った木はまた植えれば
いい」と言う父をその時は頼もしく思ったが、父はもう
60を数える。使用人の先頭に立って、深い山に登ってあ
れこれ指示するだけでも大変であろう。くるくる変わる
世界情勢の中、政敵も多く事業に手を出して失敗をした
と言う話も聞いた。

　その夜はミレーヌの部屋に泊めてもらった。
「ここに移られたらいかがかしら？　寄宿舎よりここは
自由で楽しいわ」
　聞いてみれば費用も同じ位だと言う。美和は、もう少
しは自由になってもいい時期ではないかと思って、寄宿
舎から其処の学生宿に移ることにした。

1・5　スイスの夏休み

　2年目の夏、やっと美和は外国に暮らしているのだと
実感した。それまで美和はオルニーニ音楽学院と、付属
の元修道院だった寄宿舎との生活がすべてであった。清
潔だけれど固い藁のマットレスのベッド、質素な食事、
厳格な規律。制服は、紫がかったグレーのシスターたち
が着用しているようなすその長いワンピースだった。違っ
ているのはベールの代わりに小さな縁のついた帽子だけ
だった。

　学生宿の砕けた雰囲気に、初めは戸惑ったが、歌ばか
りでなく絵画や建築などいろいろな分野の生徒がいて話
題は多岐に上った。夕食後のサロンではそれぞれにワイ
ンのグラス片手に将来の夢を語ったりしあった。ミレー
ヌとは同じ学校であったので自然と行き帰りが一緒にな
り、道筋の店にも立ち寄ったりした。

　2度目の夏休み前、ミレーヌに彼女の実家に行こうと
誘われた。にわかに美和の頭は華やかな避暑地の夢で
いっぱいになった。去年のクラスメートたちのお喋りの
一つ一つが思いだされた。

　留学時に東京の銀座で誂えたドレスは、いかにも流行
遅れに思えて、美和はミレーヌに洋服のオーダーについ
てのアドバイスを仰いだ。彼女は持って行くべき品々の
リストを書いて、彼女の行きつけの店に案内してくれた。

　今まで入ることなど出来なかった高級な店でさえ、ど

の店員もやさしく接してくれた。

「お嬢様これはいかがでしょうか」と丁寧語で話しかけてきた。

　ミレーヌが同行してくれているからであると分かっていても、美和は嬉しかった。

　だが、ミレーヌが同行してくれているからばかりでなく、金彩で彩られた鏡に映る美和の姿は、うっとりとするくらい美しくなっていたのです。

　馬に乗って女学校に通っていた位、男まさりの美和でしたが、東京、ミラノと生活するうちに肌の色も白くなり手足もすらりと伸びて、西洋人に引けを取らない位、品位と美しさを持つようになっていたのでした。

　ミレーヌはこのエキゾチックな美和を自分の妹のように、社交界に連れ出そうとしていました。

「朝の洋服はこの綿ローンの生地でワンピースにするといいわ。幾重にも裾を重ねてきっと白鳥のように見えるわ。午後は馬車で遠乗りに行くのよ。スイスは気候の変動が激しいから、カシミヤのカーディガンは絶対必要よ。従兄のカルロスと言ったらね……」

　デザイナーはミレーヌの話を聞きながら何枚かのデザインを仕上げていった。

　美和は費用のことが気になっていた。

「イブニングドレスはね、あまり肩の出ない物がいいわ、夜は冷えるのよ、それに羽織る物は必要よ」

　その店のどれもが高級品で、普段なら手を出さない物ばかりであった。

ミレーヌは楽しそうに話しながら、彼女自身も次々と生地とデザインを決めていった。

　美和は実用的なワンピースを2枚仕立てさせた。学校が始まったら、ミラノでも着られるデザインだ。パーティーで着る物に困ったら、着物がある。と心の中で思った。

　編み上げ靴、帽子、手袋、下着、今まで着ていた物はどれも美和には小さくなっていて、いずれも買い換えなければならなかった。費用のことは気にかかったが、父にスイスの夏休み旅行の事を書いたらきっと喜んで許してくれると思った。最小限のものを揃えた。
「そうね、荷物は少ない方が身軽でいいわ」

　一通り店を回って、美和は父・聡一郎から渡されている船賃に手を付けた。
「何かあったら、すぐに帰って来るのだぞ」

　そっと手渡してくれた金に手をつけたのだった。大丈夫、やっていける。何とかなるわ。美和はこれから来る夏の楽しみで資金への不安は吹き飛んでいた。

　実際スイスのミレーヌの家での生活はまるで夢の中のお話のように進んでいった。

　ジュネーブで列車を降りると其処から物語が始まった。2頭立ての馬車が待っていて、夏の別荘として使っているという"神の手村"の小さな古城に着いた。

　イタリアでも数々のお城を見たが、ミレーヌの城はまるでおとぎの国の物のように小さくかわいらしかった。

　城の様式の美しさとは裏腹に石造りの城は迫害から逃

れてきたいろいろな国や民族の苦悩がぎっしりと刻み込まれ、長い年月の主の変遷がそこここに刻み込められていた。"やっと助かった、神のみ手に救われた"という皆の思いがこもった村の名が"神の手村"の由来だった。

　フランス人形のようなミレーヌと日本人形のような美和は何処でも歓迎され、次々とパーティーの招待が舞い込んで、ミレーヌの父か、兄達が付き添ってきた。

　スイスは永世中立国の平和の国としてのイメージが強いが、何かを企む者、一時身を潜める者にも都合のよい国であった。ドイツ人、ロシア人、フランス人、イギリス人、表では戦いながら、ここでは酒を酌み交わし、取引ごとを話し合う場でもあった。若き日のヒットラーもここでムッソリーニと熱弁を交わしていたという。

　第一次世界大戦は終わったとはいえ、各国の士官たちが其々の国の軍服に身を包んでパーティーに出席していた。

　美和にとっては初めての本格的なパーティーであった。舞台ではない。本物のパーティーだ。美和の前に手が差し出される。その持ち主の顔を見上げる余裕も無く美和は自分の手を重ねた。

『ドナウ河のさざ波』の甘い曲に乗って踊りの輪の中に引き入れられる。

　ドイツ人士官だ。少し前までは敵国の人であった。何と言うこと、あの戦いは何だったのでしょうか。あの戦いで亡くなった方々がこの様子を見られたら、どう思わ

れるのでしょう。

　暫くすると美和はすっかり曲に飲み込まれ、男の腕の中で陶酔の世界に入り、男の意のままに踊る人形のようにくるくると回っていた。

「其処に入ってはいけない、其処を潜ってはいけない」と父の声が聞こえたようで、美和は我に返った。

　パーティーはお遊びではない。政治家、財界人は、誰と手を組むのが一番なのか腹の探り合いをし、女は閨閥（けいばつ）作りに飾り立てられて競（せり）にかけられる。男は自分の子孫を残す女と愛人とをしっかりと選り分けて行く。

「付き添いなしに外出できないなんて、私達もう20歳を過ぎているのにね」と、ミレーヌは言った。2人は親達の庇護の元、次々とパーティーで踊り、遠乗りに出かけた。笑いあい、踊り明かし、貴公子達からのラブレターやプレゼントを見せ合った。

　どんなに長い夜も明けるように、夏休みも終わる。その終わりは、美和の悪夢の始まりであった。

　夏休みも一週間余り残したある朝、眠れぬ夜を過ごした美和はまだ星影が残る朝の庭に出て、門の内につながれている一頭の馬を見た。

　それは、ミレーヌが思いを寄せている、クロードの馬だった。女学校に馬で通学するほど男まさりだった美和は、急に「馬に触れたい」と思った。厩舎へ行ってミレーヌの馬を引き出した。まだ使用人も起きて来ない時刻だった。眠れぬ夜を過ごしたのも、ミレーヌのせいかも

しれない。ミレーヌはクロードのプロポーズに嬉しさを隠せない様子だった。美和は素直に喜んだ。だが一抹の寂しさが過った。美和は鞍も付けずに馬に乗った。

　クロードは容姿家柄とも申し分ない男だった。が、美和には何か引っかかるものがあった。ただの嫉妬なのだろうか、親友となったミレーヌの幸せを喜べないとしたら、自分の狭量さは一体何処から来ているのだろうかと、自らを恥じ眠れぬ夜を過ごしたのだ。

　暫く馬を走らせて美和は牧草の中の見晴らし岩と言われている岩に腰をおろし、残雪の残るアルプスの峰々を朝日が照らしだすのを見た。

　それらは碧猪村から見る日本アルプスを思い出させた。一陣の涼風が美和の頬をよぎった。聡一郎と馬を走らせた山道を思った。美和は現心で碧猪村を馬で走っていた。馬上で父・聡一郎が後ろから大きな暖かい手で優しく包み込み、どんな冷たい風からも守ってくれた。
「あ、お父様、私はもう帰ります」

　美和が父と思って言った相手はクロードだった。

　ミレーヌの部屋を出て帰ろうとした時、彼は美和が馬を出して草原を走って行くのを見た。クロードは本能的に彼女を追った。そして岩の上で佇む美和を見てそっと近寄り、後ろから抱いた。美和の「お父様、帰ります」と言う日本語を彼は理解しない。クロードは美和が彼を受け入れるのだと解釈して、顔を引きよせ唇を吸った。

　美和は父との思い出と、彼のキスで体の力が抜けるような気がした。だがそれがクロードと知った時、一気に

恥ずかしさとそれにます怒りがわいてきた。

　彼を突き飛ばし、「恥を知りなさい」と言って馬に飛び乗り城に帰った。美和はミレーヌの顔を見られなかった。「プロポーズをされたのよ」と、昨夜言ったその時の彼女の顔は喜びに満ちていた。

　そのことを知っていてクロードとキスをしてしまったことを、何と説明すればいいのだろうか。彼の不実を知りながら黙っているのも、話すのもどちらも美和には出来なかった。美和は休暇を一週間残して一人スイスを発った。

1・6　話せない事

　学生宿のサロンは夏休みの楽しかった話題で誰もが晴れやかで楽しげで、何時にもまして騒がしかった。美和だけが沈んでいた。其処へミレーヌが帰って来た。彼女は美和の前につかつかと歩み寄るといきなり言った。
「貴女という人は」
　彼女は怒りで肩を震わせ、大きな目をさらに大きく見開き、
「美和、私はあなたを親友と信じていた、それをよくも裏切ったわね。貴女はクロードを誘惑した。メイドが見ていたのよ、貴女は私の馬でこっそり見晴らし岩にクロードを誘いだしたのよね」
　美和はクロードの不実を彼女に告げようかどうか、あの朝から迷っていた。ミレーヌにプロポーズをし、夜を共にしておきながら、朝には美和を追い、キスまでしたのだ。
　美和は唇を奪われたことより、クロードの不実の方がショックだった。
　ミレーヌに言えば、彼女は傷つくだろう。だが黙っていれば、ミレーヌが不実な男と結婚することになる。
　美和は黙って逃げ出すほかはなかったのだ。
　ミレーヌは美和が反論しないことに、それが事実なのだと美和が認めたのだと思い込んだ。
「クロードを問い詰めたら言ったわ。美和に誘われて見晴らし岩に行った。其処で美和に誘惑されそうになったので、言ってやった。『恥を知れ』と、すると、美和はいきなりク

ロードに抱きつきキスをして裸馬に飛び乗り走り去ったと」

　美和は息もできないくらい驚いた。

　晴らし岩で休んでいるところをいきなり抱きつかれ、キスをされたのは美和で「恥を知れ」と言ったのも美和だ。クロードはプロポーズをした女の親友を誘惑しようとした上、卑怯なウソまでついたのだ。食堂に集っていた仲間も耳をそばだて始めた。美和はミレーヌを傷つけずに、何と説明していいか分からなかった。

「ミレーヌ！」

　美和は目に涙を一杯溜めながら両手を差し出した。

　ミレーヌはその手を払いのけた。

「やっぱり本当だったのね、私は彼の話を信じたくなかったのよ」

「違うのよ」

　美和は叫びたかった。でもキスを許してしまったことは事実だ。あの朝ミレーヌに説明できなかったことは美和の弱さだ。あの時美和は何も言えずに、一人学校へ戻ってしまったのだ。

　美和はイタリア語でもスイスで使っていたドイツ語でも日本語でさえも、あの朝の見晴らし岩での出来事を上手に説明できる自信はなかった。尚更人の見ている前で、あの時の釈明など出来そうもなかった。

「ミレーヌ」

　美和はもう一度呼びかけた。全てを否定しない友にミレーヌは絶望と怒りとでその体はわなわなと震えていた。ミレーヌを見た最後の夜でした。

1・7　不覚の会釈

　ミレーヌの去った学生宿での食後の語らいが美和には苦痛になっていた。

　ミレーヌの周りにはいつも楽しい語らいがあった。音楽学校の学生、医大生、銀行家、建築家そして観光気分でやって来る学生達。彼女のそばに居るだけで美和は話題の中心に居ることができた。

　だがミレーヌとのあのような会話があってから、全ての目が侮蔑を込めているようで、美和はいたたまれぬ思いで、食事もそこそこに自室にこもった。

　何時の間にか秋風がマロニエの葉を色付かせ、街灯のともる時間も早まった。

　ある夕べ、美和は初めて見る一人の男性の姿に気づきました。

　彼の周りからは笑い声が絶えず湧き起こった。端正な顔はクロードを思い出させた。彼は美和を認めると、軽く会釈した。その片頬に微かな笑みがあった。美和も軽く会釈して直ぐ自室に戻るために階段を上った。

　美和の部屋は3階にある。部屋のノブに手を掛けると先ほどの男が美和の後ろに立っていた。

「どうぞお通り下さい」

　美和は男を通すためにノブに手を掛けたまま言った。男は美和の手に自分の手を重ねて、ドアを開け、するりと身を滑らせて美和の部屋に入った。美和がそのままドアの外に立っていると、

「さ、どうぞ」と言って美和の腰に手を回し、部屋にするりと引き込んだ。

「ほら、人に見られたらまた男を引き入れたと言われますよ。お嬢さん」

美和は真っ赤になった。この名も知らない男にまで、スイスでのことが知れ渡っている。男は美和を壁際に押しつけてキスをしようとした。

美和は自分でも思いがけない柔道技の内股で男を倒した。

「ジュウドウですか？」

男は立ち上がって怒りもせずに面白がって聞いてきた。

「出て行って下さい。大声を出しますよ」

「叫んでもいいですよ。でも皆が駆けつけて来る頃、貴女はあられもない姿を皆に晒すことになりますよ」

男は左手で乱暴に抱き寄せ美和の口をキスで塞ぎ大きな体でベッドに押し倒すと、するすると美和の胴衣のリボンをほどいた。そして、言った。

「はじめまして、僕の名前はフランコです。僕の可愛いお人形さん」

体の上の男はまた美和に不意を突かれないように、シッカリと美和を押さえ込んでいる。美和は思った。騒ぎ立ててもこの男もまた美和が誘ったと言うだろう。

「ミレーヌ！　あなたは今幸せなの？　そんなことはないわね。不信の上に愛は築けぬはずだもの」

美和は人形のように男のなすがままにさせた。

男は出ていく時、

「また明日の夜、僕の可愛いお人形さん」と、まるで学

生同士の下校時の別れの挨拶の様に軽く言った。また明日の夜フランコは来る。これっきりでないのだ。なし崩しにずるずると身を持ち崩して行くのだろうか。父・聡一郎に渡されたまさかの時の船賃をスイスの夏休みで半分以上使ってしまった。帰るに帰れない。

　ミレーヌがいたら、相談できたのに。いやいや、美和の本意ではなかったにしろ、ミレーヌの恋人クロードとキスをし、いまフランコと関係を結んでしまっては、もう誰にも合わす顔がない。

　美和は抗った。音楽学校の寄宿舎にもう一度戻れないか訊ねた。だがもう新入生で埋まっていた。

　部屋にバリケードを作った。フランコは窓から侵入してきた。短刀を首に当てて、

「近づいたら死にます」と脅した。するとフランコは、

「日本人はセップクするのではないですか」と自分の腹を切腹するような動作をした。美和はいきなり言われた日本語の「セップク」が切腹と理解するのに戸惑った。

　フランコは短刀の切っ先を喉に当てたまま唖然としている美和の手から短刀を取り上げた。その時美和の顎が少し傷ついた。

「武器はね、男が命を懸けて戦場で使うものですよ。女の子が使うものではありませんよ」

　彼はにじみ出た美和の顎の血を舌で舐めて言った。

　不穏な空気は日本にもヨーロッパにも流れていた。戦いは常にどこかで起こっていた。美和は抵抗空しく彼にそのようにして毎日抱かれた。

1・8　オペラ蝶々夫人

　学校では大きなニュースで沸き立っていた。この学校の卒業生で、世界的に有名になったアリチェ・ストローリーニを招いてテアトロビアンコの再建記念公演が行われることになったのだ。

　アリチェとの共演なら世界中のオペラファンの目に留まる。生徒の中にはもうオペラの舞台に立った者もいる。有名なコンクールで賞を取った者もいる。俄然生徒たちは色めきたった。その中で美和が大きな役をもらえる確率は低い。だが巴里博覧会以来、日本ブームが起きている今、演目として『蝶々夫人』が選ばれる可能性が大きかった。

　チャンスはある。何としてもオペラの舞台に立ちたい。フランコのことに思い惑って騒ぎ立てるより、彼の興味が他の女に向くのを待った方がいいと思った。

　美和は今まで以上に歌を覚えセリフを覚えるのに集中した。フランコが美和の部屋に侵入する回数もそれに合わせて減って来た。

　予想通り、『蝶々夫人』の公演が決まった。

　公演最終日を残して、主役のアリチェが倒れた。脳溢血だった。美和がすぐ代役に立った。学校での練習中、美和が衣装や小道具の準備を手伝い、アリチェの代役を務めていたので、全ての歌やセリフが美和の頭と体にしみ込んでいる。

「お父様、この公演が終わったら本当に帰ります」

　観客は突然の代役に皆不満顔だった。だが美和の可憐
さと澄み渡る声に、オペラ『蝶々夫人』の劇中にグイグ
イと引き込まれた。美和は演じ歌いあげながら、蝶々夫
人と言われるこの18歳になったいたいけな少女の心情が
乗り移ったように一途な少女の愛を歌いあげた。
　15で叔父に売られ、偽の結婚式とも知らず、黒船に乗っ
てきたアメリカ海軍士官・ピンカートンと結婚式をあげ
る。
　だがピンカートンは「駒鳥が巣を作る晴れやかな季節
になったら、バラの花束を持って迎えに来る」と言う心
にもない約束だけを残して帰国してしまう。
　彼を信じ、港の上の丘で３年もピンカートンを待ち続
ける蝶々さんに、下女スズキや周りの者は、
「彼は、帰って来ませんよ、他の人の世話になってはど
うか」と諭す。
　彼女は下女スズキに向かって歌う。

『♪　ほら、ご覧、ある晴れた日に、一筋の煙が立って
　　いるのが見えるよ。
　　船が現れるのよ。真っ白い船よ。
　　港に入って来ると、礼砲が鳴り響くの。
　　見えるでしょう？
　　帰っていらっしゃったのよ。でも、私迎えに行か
　　ないの。

向こうの丘の上で待つわ。

どんなにつらくても、どんなに長くても私は待つわ。

やがて町の人々の間から一人だけ抜け出して、この丘を上っていらっしゃるのよ。

それは誰か分かる？　ピンカートン様よ。

ここへ着いたら何と言うでしょう』

　美和は歌いながら長く伸ばした指先に聡一郎の姿を見た。聡一郎の姿は老いさらばえ、彼の指は美和を探し求めて震えていた。

『♪　ここへ着いたら何というでしょう。遠くからきっと蝶々さんと呼ぶわ』
　　（オペラ『蝶々夫人』アリア『ある晴れた日に』より抜粋）

　美和は歌いながら、聡一郎にはもう逢えないと思った。蝶々さんもピンカートンはきっと帰って来ると言い張りながらも、一抹の不安が心をよぎり、その不安を打ち消すために、下女のスズキに言っているのだ。

　自分自身に言い聞かせているのだと思った。

　オペラ蝶々夫人は繰り返し上演されていたので、観客の殆どがストーリーを知っていた。三浦環始め名だたるソプラノ歌手が歌いあげていた。

　しかし碧小路美和が一番、蝶々さんの実像に近かった。

誰にも恋しくて、恋しくて会いたい人がいる。観客も舞台上の美和と同じように皆胸の前に手を差し伸べて涙ぐみ、ある者は嗚咽をし、会いたい人を想い浮かべた。

　公演は大反響を呼んだ。アリチェの急死も話題になったが、美和の素晴らしい演技と声が高く評価され、新聞や雑誌などの取材が殺到した。

　美和は記事の載った新聞と、出来るだけ早く帰りますと書いた手紙を父・聡一郎に書き送った。

　だが美和には気がかりなことがあった。先日受け取った父からの手紙に、いつもなら必ず書き添えて来る「決して道を踏み外すことがないように、勉強に励みなさい。儂は元気だ。心配するな」と結んで来るのに、「儂は元気だ。心配するな」がなかったのだ。

　公演から一週間たった興奮もまだ冷めやらぬ夜、美和はふと何か大事なことを忘れているのに気付いた。月のものがないのだ。吐き気がするのは毎夜のパーティーでワインを飲んだせいだと思っていた。

　何と言う不覚。女であることの惨めさ。フランコに愛も愛着もないのだけれど、ただ体を幾夜も重ね合わせただけなのに、美和は気づいてしまった。フランコから一度も愛していますとか結婚して欲しいと言われたことがないことを。「僕の可愛い人形」とか「食べたいくらいかわいい」とか最初は言っていたのにだんだんとそれさえ言わず、ただ唇を吸いベッドに美和を押しつけて、すると胴衣のリボンを解くと、美和の体を自由に楽しんで帰っていく。美和は日本の女学校時代のクラスメート

が櫛の歯が欠けるように１人、２人と結婚のために辞めていくのを見てきた。ほとんどが親の決めた相手で、手篭め同然にされて結婚した者さえいた。女の意思が尊重されることなどほとんどなかった時代だった。

　美和は人前で愛情表現をしない日本の習慣に無意識のうちに倣っていた。だから食堂でもサロンでもフランコが声を掛けてこないことに不思議さを感じないでいた。

　フランコは美和を愛していない。美和もフランコを愛していない。

　それなのに身籠った。美和はまだ現実を捉えていなかった。結婚してくれると、美和は思った。こうなったからには、結婚するのが当然の成り行きだと思った。美和は妊娠を告げるため初めて自分からフランコを自室に誘った。

　フランコは初めて美和に誘われたことに驚いた。だが美和が身籠ったと言った時、フランコは美和の腹を思い切り蹴った。

「始末しろ」

　２人はその時初めて真正面に向かいあい顔を見つめあった。フランコの美しい顔は怒りで紅潮し、美和は侮蔑の目で彼を見た。２人の間には、一かけらの愛情も無かった。

「はい、（SI）」と美和が言った。

「何と可愛い僕の人形、君は最高だね」とフランコは相好を崩した。

「でも、レコーディングが終わるまで待って下さいね」と美和が言った。

　フランコは満面の笑みを見せた。

「分かったよ。いいね。後一週間だよ。堕胎の時期を逃さないことだ」

　美和は初めて子供がお腹に居ると思った。

「お前と付き合う前の日本の女は最悪だったよ。日本人は従順だと思って付き合ってやったのに、孕んだ途端に結婚、結婚と迫って来た。始末するのにそれは大変だったよ。僕は仲間の笑い物になったのだ。僕に任せてくれ。全て手筈を整えるから」

　美和は時計の振り子のように栄光と屈辱の間を行き来していることに唖然とした。フランコは軽やかに部屋を出て行った。

　美和はフランコが人前で彼女に愛情を示さないのは、慎みと美和の名誉を守るために秘密にしておくのだと思っていた。否、フランコは彼の肉欲を満たすためにだけ訪れていたのだ。美和の奢りだった。愛されていた、と思い込んでいた。が、美和も彼に何の愛情も示すことはなかったのでした。

　美和はレコーディングのことを覚えていませんでした。1900年代の巴里博覧会で、日本ブームが沸き起ったとはいえ、その当時レコーディングできる歌手は本当に限られていたのだ。

　その名誉ある晴れがましいレコーディングの後に待っているのは、堕胎だ。美和は青ざめて小刻みに震えていて、戻ってこぬ人を３年も待ち続ける哀れな少女蝶々さんを彷彿とさせた。

何という大罪を犯そうとしているのだろうか。でもフランコのような男の子を産んではならない。美和は腹の子に決別して、最終録音に臨んだ。感情を押し殺した凛とした声はさらに関係者の哀れを誘った。

　沢山の賞賛と花束を後にして、夕暮れ時の窓から漏れる灯りに美和は異邦人としての寂寥を感じた。

　フランコは幌付きの辻馬車で美和を連れに来た。身の回りの物を詰めたバッグを一つ持って美和は馬車に乗り込んだ。

　堕胎を承諾し、決意を固めたのに、馬車の上から見える部屋の中では、暖炉の前で子らがはしゃぎ回り、母親らしき人の叱り声など聞こえて来ると、また涙があふれた。

　当時は、今もかもしれないが、イタリアはカソリック教の国で離婚も堕胎も許されていなかった。

　"堕胎屋"という潜りの医者にこっそり来てもらって始末してもらうのが普通だった。

　学生宿に呼ぶわけにいかず、安宿に宿泊して堕胎屋に来てもらう手筈であった。

　フランコは辻馬車に乗り込んだ美和の肩をそっと引き寄せ、御者に行き先を告げた。彼はその夜おこなわれるカローラとの婚約式のための白の三つ組スーツに白いリボンタイを結んで、まるで王子様の出で立ちだった。

　フランコと並んで歩くのも、馬車に乗るのも肩をそっと引き寄せられるのも初めてであった。まるで処女のよ

うに、美和は胸の高鳴りを覚えた。2人は初めての逢い引きに行くかのようにやさしく肩を寄せ合い、倒れ込むように安宿のベッドに重なり合った。

「僕の赤ちゃんに別れの挨拶をしよう」

フランコはいつものように美和の胴衣のリボンを解いた。美和はフランコの首に両手を回し始めて激しいキスをした。胎児に対する罪悪感と哀切と、フランコに対する憎悪感である。腹の中の赤ん坊が、美和の腹を勢い良く蹴った。まるで今まさに堕胎をしようとしている美和に怒りをぶつけているようだった。

「ねぇ、やっぱり堕胎するのをやめるわ。いいでしょう。私ひとりで育てるわ」

フランコはそれには答えず、いつものように美和を抱いて風のように立ち去っていった。

美和は深い疲労の中で、一人血の海の中に居た。流産だ。

再び気付いた時は、一人の老医師ヴィスコンティが美和の手を握って、静かに『ラ・ボエーム』の一節を口ずさんでいた。

『♪　なんて冷たい手、僕に温めさせてください。
　　　探しても見つからないよ、こんな暗闇では』
　　（オペラ『ラ・ボエーム』のアリア『冷たい手を』より）

リビア出身のマヌエラと口ずさんだ悲しく寂しい歌でした。

1・9　旅立ち

　美和がフランコの子を流産したのは、大正天皇が亡くなられて昭和の時代になり、数年が過ぎた頃でした。

　美和をイタリアに留学させてからの聡一郎の日課は、政務に出かける前に、門の内の白洲を自分の手で清掃をしてから御成門（大名だけが籠のまま出入り出来た門）の前に立つことでした。美和がヨーロッパ各地で名を上げ、随行員を大勢引き連れて帰って来るのを夢見て、暫くそこに立っているのでした。すると彼の父・総衛門も同じように息子である聡一郎のドイツ留学からの晴れの帰国を待ちわびて、立っていたのだろうかと思うようになり、胸を掻き毟られるように苦しくなるのでした。ですが、聡一郎が美和のオペラ主演を聞いた時はもう病床から立ち上がることも出来ないでおりました。

　一方、美和は大出血による身体の衰弱より精神的な痛手の方が大きかったのでした。

　老医師ヴィスコンティの勧めでナポリの療養所に転医してから、温暖な気候と行き届いた看護のおかげで、美和の体は急速に回復していきました。

　しかし、体が回復するにつれ、屈辱の日々が蘇って来たのでした。フランコによる繰り返し行われたレイプ、親友を失った悲しみ、全てを忘れるためにオペラ『蝶々夫人』に没頭した日々。

　それら諸々の記憶が蘇り、繰り返し、繰り返し美和を

苛<ruby>苛<rt>さいな</rt></ruby>み始めたのでした。

　ナポリの療養所に美和が転医した後も、ヴィスコンティは療養所に頻繁に顔を出した。美和の言動がますます怪しくなってきたからでした。

「何故あの時死ななかったの」と、美和は両手で短刀の切っ先を喉にあてながら思った。

「歌えなくなるからだわ。私はオペラ歌手なのですもの。それって変ですわ。死のうとする人間が歌おうとするなんて」

　美和は独り言を言いながら短刀の切っ先で、顎の先から乳房の谷間まで何回もなぞった。

　顎の先には、フランコが美和の手から短刀を奪い取る時に付けた傷が今でもかすかに残っている。フランコに血潮を舌で舐められた時の生温かな感触を思い出しては、そのおぞましさに震えながら、短刀の背で赤い糸のように残る傷を撫で上げ撫で下げ、官能と無明の闇へと落ちていくのでした。

「私は台本に書かれていることしかできないのだわ。譜面の歌しか歌えないのだわ。これからどうすればいいのかしら」と独り言を言い、またある時は洗面器に顔を突っ込んで死のうとした。

　ベランダにロープを下げて首を吊ろうともした。

「あ〜、嫌だわ、これ以上無様な姿をさらすなんて」

「神様どうか私が眠っている間に、この穢<rt>けが</rt>れた体を消して下さい。誰の目にも触れずに」

　体の回復とともに精神の異常は際立ってきました。看

護婦もヴィスコンティも美和から目を離すことができなくなりました。

　ある日、美和はヴィスコンティにヴェスヴィオ火山に敷設された登山電車（フラニコラーレ）に乗りに行きたいと言った。ラジオから流れる『フニクリ・フニクラ』の歌に誘われたものだと思って話の相手をしていると、
「いい事を思いつきましたのよ。火山に身を投げれば跡形もなく綺麗になくなりますのよね」と楽しげに言った。
「そうだ、今度行こう。もう少し暖かくなってからだ」
「そうですわね。綺麗な色のスカーフを首に巻いて。ひらひらと風に舞わせて」
　ヴィスコンティは美和がヴェスヴィオ火山に身を投げるつもりでいるのだと気付いた。
　精神科病棟に送るのもためらわれるし、そうかといって医者から引退した身とは言え、毎日付き添っているわけにもいかない。なんとか話をはぐらかせていたが、あまりにもせがまれて取りあえず街に出て、色鮮やかなスカーフを買って与え、人波に乗ってポンペイ行きの電車に乗せた。
　久しぶりの外出で美和の表情は晴れやかだった。
　電車を降りてヴェスヴィオ火山の噴火で死の町となったポンペイの発掘現場まで歩いた。
　つかの間の平和を謳歌するようにイタリア各地からも、ヨーロッパ各地からも大勢の観光客が詰めかけていた。発掘現場に向かう車両や人夫、土産物店。その賑やかな

喧噪の波は、土の中から掘り起こされた広大な静寂な街ポンペイの入り口で、誰もが息をのんで静まった。

　まるでそこに今まで人が話しこんででもいたかのような広場、整然と区画された街並み。突然人影が現れそうな門扉。石畳。色鮮やかなフレスコ画。そして助けを求めて苦悶するそのままの姿を型取った石膏。美和はある一角で顔を覆い小刻みに震えながら大粒の涙を流し始めた。

　親子が寄り添っている石膏の前だ。父親らしき像は火山から家族を最後の最後までかばっているようにその大きな背で今でも家族を守ろうとしているかのようだった。
「あ〜、お父様。美和は日本に帰ります。たった１度のオペラの主演でしたが、許してください。もう、美和はお父様の胸に戻りたい」

　美和はまだ父の死去を知らずにいた。日本に帰国さえすれば父の暖かい胸が待っていると思っていた。

1・10　月の沙漠

　ヴェスヴィオ火山で埋もれていた古代都市ポンペイに行って来てから、美和の言動は落ち着きを取り戻しました。

　ポンペイで苦悶のうちに命を落とした住民のことを思えば、自分の命とはいえ軽んじたことを恥じました。どんなに彼らは生きていたかったことでしょう。

　ベッドの上でじっとしていられずに、あたかもヴェスヴィオ火山の噴火に追われるがごとく、療養所の北にある丘を登りました。

　何ということ！　今までは急な山道も走って登ることが出来たのに、ふらつく不甲斐ない自分の脚に怒りさえ覚えるのでした。

　その日から美和は毎日丘を登り、父・聡一郎に再会した時に聞いてもらう歌の練習を始めました。一か月もすると楽に丘を駆け上ることができ、2時間も3時間も歌い続けられるようになりました。

　温暖の地とはいえ吹き上げる風はまだ冷たいものでしたが、歌い出せば次第に体が熱くなり額からは汗が滲み出るのでした。

　その火照った額に当たる風は、海からの潮風であったり、山の上から吹き下ろすレモンの香りのする風でした。

　丘からは眼下に療養所や密集する集落の先にナポリ湾

が見えた。

　それが『オペラ蝶々夫人』の蝶々さんがピンカートンを待って立っていた丘のように思え、待つことの辛さと、父に待たれるという両方の辛さを感じるのでした。

『♪　ほら御覧、ある晴れた日に、一筋の煙が立ってるのが見えるのよ。

　　船が現れるのよ。真っ白い船よ。

　　港に入って来ると、礼砲が鳴り響くの。

　　見えるでしょ？

　　帰っていらっしゃったのよ。

　　でも、私迎えにいかないの。

　　向こうの丘で待つわ。どんなにつらくても、どんなに長くても』

　父が御成門の前で、功成り遂げて帰国する美和を待っている。待たれていると思うことが、生きようとする力になるのでした。

　気付くと歌っている後ろを取り囲むように、村の子供たちが美和の歌に聞き入っていました。子供たちのイタリア語には強いナポリ訛りがあるために、最初はほとんど理解できませんでした。日が経つにつれ美和のまわりの聴衆の輪が大きくなってきました。丘の上に続く山からはレモンを籠いっぱいに収穫した男達もやって来て輪の中に入って来た。農夫達も籠にワインやパンやレモンチェロと呼ばれている強い酒などを持ち寄って、昼下がりの団欒の一時が繰り広げられるようになりました。

その中に鳶色の眼をした男の子が毎日美和に魅入られたようにやって来ては、いつも輪の一番外側に立っておりました。

ある日思い切ったかのように、『君が大好き』（Te voglio bene assie）というナポリ民謡を切々と美和に向かって歌いました。そして、その男の子を切なそうに見ている少女がおりました。誰の目にもその少女が鳶色の眼をした男の子に恋しているのが分かりました。

「あ〜、私はあの少女のように純粋に恋をしたことがあったでしょうか。オペラの舞台ではない。身も心も震えるような本当の恋を」

鳶色の眼をした男の子は歌い終わると、

「僕はムッソリーニの黒シャツ団に加わりイタリアの再建に貢献したいです」と言って丘を走って下りて行きました。

ある日美和が歌っておりますと、頭の上の石がストンと取れたように体が軽くなり、声が前よりも自在に操れるようになりました。

日本からイタリアへの長い航海中にバッツオリーニが言っていた、

「気を感じる、気の流れに声を乗せる」と言うことの意味が分かったような気がしました。

そのうち子供や農民のナポリ方言を理解出来るようになり、堰を切ったように彼らも彼らの民謡を歌い出しま

した。手風琴を持って来る者、マンドリンを持って来る者、桶をたたく者。

「ヴィスコンティ先生、私はもう大丈夫ですわ。丘の上に聞きに来て下さいね。村人と歌って踊ることもできますのよ」

　ですが、時々高熱をだすことがあって、美和の療養は半年以上におよびました。

　退院の前日に病院のロビーでお別れのリサイタルをしました。欧州大戦からもう何年も経っているのに、患者のほとんどはアフリカの戦地からの負傷兵でした。欧州大戦で唯一植民地を獲得できなかったイタリアは、リビアを獲得するために兵を出し続けていたのでした。

　ペニシリンも無い時代ですから、せっかく傷病兵としてイタリアに帰還できても破傷風、炭疽病などで、手足の切断を迫られる患者が多くおりました。文字どおり彼らにとって美和の歌声は、天から聞こえる天使の歌声でした。彼らは窓を開けて聴いていたのでした。しかしそこで亡くなる兵士も多かったのです。

　生きようとする強い意志と、体力の回復が生死を分けるのでした。そういう意味では美和も一緒に戦っていた戦友でした。

「日本の歌もぜひ聴きたい」と言う彼らの要望で、『月の沙漠』を歌いました。

　日本語の童謡の意味を解しない聴衆が皆涙しました。

その時の美和は、まさか自分が駱駝ならぬ軍用車で、沙漠ならぬ草も生えぬような荒野の砂漠を走り回るとは思っておりませんでした。

亡国の
聖女の罪と罰
第 二 部

私の犯したことは、そんなにも恥ずべきことでしたか？
そんなにも恥ずかしい罰を下されるほど。

第二部

2・1　ゴルゴダの丘

　美和は半年ぶりでミラノの駅に降り立った。広場に出ると、ムッソリーニを信奉する退役軍人に混じり、まだ10代とみえる若者達が、黒シャツに身を包み隊列を組んで意気揚々と闊歩していた。

　何か一種の熱病に冒されたような民衆が、黒シャツ隊の後ろに続き、街に繰り出し声高にルネッサンス「Rinasocimento」と叫んでいて、人々の群れは右手を突き出し、

　『♪　行け、わが思いよ、黄金の翼に乗って』を歌っていました。

　半年前、美和は流産による大出血という危機に瀕していた。その同じ頃、父の聡一郎も美和のオペラ主演の手紙を握り締めながら、病床に臥せっていた。美和がオペラ『蝶々夫人』の舞台の上から見た幻のとおりの老いさらばえた姿で。

　美和と父・聡一郎は、時空を超えて互いに求め合っていた。が、父は死出の旅に、娘の美和は治療を受けにナポリへと旅だったのでした。

　美和にとって父の安否は、ナポリの療養所においても一番の気がかりでしたが、オペラ主演の話を知らせた後

で、流産の話など手紙に書く事が出来るでしょうか。煩悶しながらも、ナポリから美和は一通の手紙をも書くこともできないでいました。

　日本から父の手紙が学生宿についているに違いない。「美和、蝶々夫人の主役おめでとう」と書いてくれたに違いない。悲しくて辛いことがあったが、その手紙を読めば乗り越えられるに違いないと思うと走り出すのでした。
　しかし、ミラノの学生宿の自室に戻って驚愕しました。ベッドのマットレスは片付けられ、本はロープで括られ、衣類はマットレスの上に重ねられていた。驚いたことに、マットレスは刃物で切り裂かれていた。
　学生宿の女将が直ぐにやって来て、
「無断で部屋を空けられたのでは困るわ。前払いで家賃を払ってあってもふしだらな女の子をここに置いておけないわ。音楽学院の寮に引き取ってくれるように頼んでおいたわ」と腹立たしそうに言った。
「すいません。病院の方から診断書が来ていたと思いますが？」
「診断書には急性肺炎と書いてあったけれど、本当は、あなたフランコの子を堕胎したのでしょう。それぐらい皆知っていてよ。美和、あなたはいつも夕食もそこそこに、直ぐに３階の部屋に戻って行ったでしょう。皆がフランコになんと言っていたか分かる？
『フランコ、美和がお待ちかねだよ。お前の人形遊びの時間だよ。早く行ってやらねば』と、ね。フランコはこ

のように返事していたのよ。

『人形は余計なことを喋らない。でも、人形は人形さ。カローラを落とす間のそれこそ人形遊びさ』

　可哀そうにフランコはあなたとの事がばれて、エチオピア戦に送られたわ。あなたはその後、何をしていたのよ。堕胎ならば2,3日もすれば帰ってこられるはずじゃない。半年も何をしていたの？　新しい男でも作って遊び歩いていたのでしょう？」

「本当に病気が長引いて、帰れなかったのです」

「まぁ、今となってはどうでもいいわ。秘密警察『OVRA』が来たのよ。見てごらんなさい。マットレスまで切り裂いて行ったわ。あなたは何を隠しているの？」

　秘密警察「OVRA」がここにやって来た？　何のためだろうか？　堕胎のことだろうか？　当時は大罪であった。ヴィスコンティ医師にまで迷惑がかかる。美和の仰天する姿を嘲笑うかのごとく、

「大丈夫よ。堕胎のことを話したりはしなかったわ。そんなふしだら娘を置いていたことが秘密警察『OVRA』に知れたら、ここは封鎖になるわ。『OVRA』の車が下で待っているわ。さっさっと荷物を片付けてここを出て行くのよ」

　フランコにヴィスコンティ医師を紹介したのはこの女将なのだから。女将自身ももうちょっと若かった頃、何度かお世話になった身なのだから、密告などできるはずもなかった。

　宿には続々と学生などが帰ってきて、サロンで談笑を

始めていた。美和はロープで括られた本と、乱雑に衣類が詰めこまれたスーツケースを、何回かに分けて運び降ろさなければならなかった。

しかし、サロンにいた学生は、美和が罪人のように本とスーツケースを３階の部屋から引きずり降ろすのをただ眺めているだけでした。

ちょうど、イエス・キリストが重い十字架を背負って、ゴルゴダの丘を上って行くのを民衆が眺めていたように。

「OVRA」と聞いただけで、誰もが美和と関わりを持つのを恐れた。そして、誰もが美和の変化に驚いていた。

美和の優しげな少女の面影はすっかり消えていた。階段を登り降りする美和の肩も腰も丸みを帯び、伏し目がちの長い睫毛にも、女の色香と憂いの色が濃く漂っていた。

オルニーニ音楽学院の寄宿舎（dormitorio）に戻るのは、フランコに犯された時からの願いだった。しかし、強制送還のように、秘密警察「OVRA」によって移送されるのは心外であった。

元修道院だった静かな宿舎の中庭に秘密警察「OVRA」のフィアット車が停まった。車の音に宿から出てきた学生達は、フィアットの美しい車体に称賛の目を向け、美和には侮蔑の目を向けた。

車から降りる時、秘密警察「OVRA」の一員が、美和に書類を渡した。それは、イタリア領事館を通じた日本から電信文であった。

「すまなかった。貴女が留守の間に、日本から３通の電

信文が届いていた。我々としては、これらの電信文を不審な暗号文として解読しようとしたのだが、そのうちの一通が紛失していたので、家宅捜索させていただいた。父上が亡くなられた報とはご愁傷様でした。解読するのに手間をとっておりました」と丁寧に言って、荷下ろしも手伝ってくれた。予感をしていない訳ではなかったが、それで美和の父の死が明確になった。一通の電信をエプロンのポケットに入れたまま洗濯して流したのは宿の女将だった。

　しかし、美和の苦しみはそれだけでは済まされなかったのです。

　家族の絆の崩壊。
「私は義父・聡一郎の死を知らせる電信を領事館を通して３通も打ったが、美和さん、あなたは半年間に一通の悔みの手紙も寄越さなかった」と、美和の不実を責める手紙を本の間から見つけたのだ。
　それは、美和の妹・芳の良人からの手紙であった。
　戦前の法律では、女は財産を持つことができず、聡一郎の死後は、芳の婿・泰次郎が財産の管理をしていた。泰次郎は聡一郎の書生をしていて、美和の妹・芳の婿になった。誠実な男であったが、碧小路家の身代（財産）を守るには荷が重く、ただ財産を守ることだけを考えているような小心な男であった。芳はそれに逆らってでも、美和に金を送る才覚がなかった。美和は家族の絆まで失った。送金を絶たれた美和の寮費も学費もその月で終

わり、とうとう学院を去らなければならない日が来たのでした。

　小さな庭を質素な室が取り囲みアーチ型の回廊がそれらを繋ぎ、昔、僧房として使われていた名残を止めていた。粗末な木のベッドも壁の凹み（nicchia）の燭台も今は美和には懐かしく思えた。

　最後の砦、この寮を出たらどこへ行けばいいのだろうか？　わずかばかりの金を持ってこの異国の地でどうやって生きていけばいいのだろうか？

　庭には小さな水鉢（fontana）が取り残されてあり、その水鉢の溜まり水で小鳥が喉を潤していた。

「あ、あーっ、あのコマドリには帰る巣がある。塒（ねぐら）に飛んで帰る翼もある、だが、私には翼も船賃も無い。明日から私はどうすればいいのだろうか？」

　美和は思案しながら、通りを１つ隔てた学院の門を潜った。教室には誰もおらず、にぎやかな声が講堂の方から聞こえ、すぐにピアノと歌声が続いた。中には大勢の生徒達がピアノを囲んでおり、ピアノの前には見慣れない男が座っていた。美和が入り口で立ち止まって入っていいものかどうか思案していると、次々と同じ曲を女子学生が歌った。３人ばかりの歌を聞いているうちに、美和はその歌が吹き込まれていたレコードの傷の音さえ思い出しました。

　日本の故郷の元・宿本陣であった古い大きな屋敷、その中に隠れ家のようにただ一つ設えられた洋室、黒いレ

コード盤に慎重に針を落とす小さな美和の手。父のコートに着いた煙草と汽車から吐き出される石炭の煙の匂い。レコードを聴いている美和を抱き締めて、
「さぁ、今度覚えた曲を歌ってごらん」と言って、美和が新しく覚えたオペラのアリアを、父・聡一郎は目を瞑って懐かしそうに聴くのでした。
　学生の一人が、
「美和、あなたも歌ってごらんなさい。蝶々夫人の舞台の代役を務めたぐらいだから、この曲も歌えるわよね。あなたにピッタリの歌詞よ」と含み笑いをしながら言った。美和はなぜか歌える気がして、
「楽譜を貸していただけるかしら？」と言ったが、だれも貸してくれませんでした。

　美和は目を閉じ歌いだした。少しずつ解明される歌詞の意味。
　なんと恐ろしくて、悲しい歌詞。幼い時に意味もわからず覚えたドイツ語の歌詞が、今、呪いのように美和の唇から流れる。

『♪　教えてお父様。私の目をよく見てどうか怒らないで、私に教えてください。
　　そんなにいかがわしい罪を私が犯したと言うの！
　　お父さまがご自身の意に逆らってまでも大切な我が子を追放せざるを得ないほどの！』
　　　　　　　　　　（オペラ『ワルキューレ』第三幕より抜粋）

68

先ほどからピアノの前に座っていた50がらみの男が立ち上がって歌い出した。

『♪　そうか、お前は私が望んで果たせなかったことをしたわけだ。
　　　苦しみに引き裂かれる私にはできなかったことを。
　　　だが心の喜びをそんなに簡単に手に入れられるとでも思ってか？　私はどうなる？　心の悲しみに焼き尽くされた私は辛い苦しみが打ち続くあまり、当惑ばかりが膨れ上がって苦しみ病める心で』
と朗々たるバリトンで歌いだしたのです。

　神であるヴォータンと勇敢なる娘ブリュンヒルデは深い信頼で結ばれていました。しかしブリュンヒルデは人間との近親相姦を許してしまい、ヴォータンは神として娘を罰しなければならなかったのです。

　ピアノの前に立っていた男は立ち上がり、
「君こそ私が探していた『ワルキューレ』の完璧なブリュンヒルデだ！」と言って美和の手を握りしめるのでした。
　彼はトスティ・ゴドルソンと言って有名なバリトン歌手で、『ワルキューレ』の上演にあたって、共演する歌手を探していたそうです。美和はトスティ・ゴドルソンに見出されオルニーニ音楽院の特待生となり、寮費と学費を免除され、僅かながら給付金も与えられることになったのでした。

2・2　ワルキューレ（二人のブリュンヒルデ）

　それからの２年余り、美和はオペラ歌手として充実した月日を過ごしていたかのように見えましたが、実はイタリアの情勢のように不安定でした。

　第一次世界大戦の経済的打撃から立ち直ろうと、第二次ルネッサンス（経済再復興）を掲げるムッソリーニの経済政策は順調に成果を上げ、世界の注目を集め始めました。

　しかしソ連から始まった資本家による搾取のない平等な社会をめざす「マルクス主義（科学的社会主義)」、共産主義の火の手が世界中に広がり、帝国主義者や資本家達を震撼させ経済的混乱はますます厳しくなるのでした。

　イタリアでは経済情勢の進展があるかと思えば後退があり、それにつれてムッソリーニの威信をかけたミラノ中央駅の大改修も進捗と停滞とを繰り返しておりました。

　アフリカ大陸でもヨーロッパでも、そして中国でも毎日のように小さな戦いや小競り合いが起きていた。しかし、だれもあの恐ろしい第二次世界大戦に突き進んでいることなど推し量る者もいませんでした。

　そういう不安定な情勢を反映し、オペラ座が閉館になるケースが多くなりました。オペラやコンサートもその回数を減らしていく中で、『ワルキューレ』の国民を鼓舞するオペラは、イタリアばかりでなくドイツでも賞賛を得ていました。

かし、美和が舞台で繰り返し歌ったその歌詞は、美和の未来を暗示しておりました。

『♪　私の犯したことがそんなに恥ずべきことでしたか。
　　そんなに恥ずかしい罰を下されるほど』

この上演に先立って美和に個人指導を施したのはトスティ・ゴドルソンの恋人・ゴルディアでした。ソプラノ歌手として舞台に立っておりましたが、数年前に舞台から転落した折に腰を痛め、車椅子の生活を余儀なくさせられて舞台から遠ざかっておりました。彼女を呼び戻したのがトスティでした。２年余り３人はまるで家族のように劇場から劇場へと移動するのでした。

最終公演の地、オーストリアのウィーンの都は、その日、純白の新雪で覆われておりました。栄華を紡ぎ出した壮麗な宮殿もハプスブルグの興亡も全て真っ白な雪で覆い尽くされ、シュテファーン大聖堂の尖塔が見守る神聖なる都でした。
列車から降りたトスティ達一行は５,６台の馬車に分乗し、トスティとゴルディアと美和が同乗しました。公演はそこで無事終了するはずでした。

「これが『ワルキューレ』の最終公演ですわね」と馬車の中で美和の個人指導にあたっていたゴルディアが言い、「儂の次の仕事がないかもしれない」とトスティが珍し

く弱音をはきました。

　美和はミラノからウィーンまで歌手や楽師達との長い列車の旅で疲れはてていました。しかしそれがウィーンのこの聖地で終わりになるのだと思いますと、ある種の安堵感と満足感に満たされるのでした。

「トスティ、あなたが初めて美和を連れてきたとき本当にこの子でブリュンヒルデ役が務まるのかと思いましたわ。でも初演の舞台を見てびっくりしましたのよ。美和が本当に天馬に乗って天空から駆け下りてきたようでしたわ」

「儂の目に狂いはなかっただろう。ときどき舞台の上で美和が最初に出会った頃のお前に見えた。髪の色も目の色も違っているのに、まるで魔術にでも掛けられたようだった」

「そうですわ。普段の美和は舞台の出を待つマリオネット人形のように静かですが、舞台の上の美和はまるでブリュンヒルデそのものように快活で生き生きとして一瞬で観客を虜にできるわ。時々思いますのよ。美和は舞台にいる時だけ生きているのではないかと」

　ゴルディアは形の良い頭をトスティに憑れ掛けさせながら言った。

「そうだな、美和に儂らがついていなかったならば、この激しい世界では生き残ってはおらなかったであろう。ゴルディア、お前は美和の師匠であり母親でもあった。感謝している」

「いいえ、あなたこそ。この頃、私の目には舞台の上の美和とあなたは本当の親子ではないかとさえ思えますわ」

　その言葉の端にトスティはゴルディアの棘を感じていた。2人は美和を挟んで少しずつ少しずつ目の前の真実を語ることで心の嘘を隠そうとしていました。

　しかし美和の耳には銀世界の中を走る馬の首の鈴の音が子守唄のように心地よく、その上座席の下からのゆるい暖房に体は蕩けそうでした。

　トスティとゴルディアの会話が潮騒のように遠くに近くに聞こえ、まるで親鳥の羽根の下にいるように心地良く眠りに吸い込まれて行くのでした。

「本当に『ナブッコ』（NABUCCO）は上演されるのでしょうか？　ミラノの鉄道大駅舎の完成に合わせてスカラ座で上演されるということですが？」

「怪しいものだ。『ナブッコ』が初演された時と時勢が違うわい。スカラ座で初演された時は、イタリアもオーストリア人に自由を奪われていたので、希望を与えてくれる曲ということでイタリアでは人気があった。だが今、イタリアと盟国のドイツでヘブライ人（ユダヤ人）追放をやっているし、『ナブッコ』はヘブライ人の王だ。ミラノの鉄道駅の完成もいつになるかわからない時に……」

と会話はまたオペラ・ナブッコに戻っていった。トスティとゴルディアが話している通り、その話(オペラ ナブッコの上演)は浮かんでは消え、消えては浮かんできた。指揮者の候補も何回か変わっていた。美和に何回かのナ

ブッコ出演の打診があった。しかし今回はトスティに出演依頼はない。オペラ劇場の閉鎖があちらこちらで起こり、それに合わせてオペラ上演の回数も減り歌い手の出番もめっきり減って来ていた。ウィーンでも団員達の一番の関心事はその事らしかった。

「20年前、儂は若かったが体が大きくてバリトンと言うことだけでヴォータンの役に選ばれた。年老いた男の威厳を見せるために苦労した。今なら美和と親子を演じることに違和感は全くあるまい」

　20年前トスティとゴルディアの二人は神・ヴォータンとその娘ブリュンヒルデを演じ、直ぐに恋に落ちた。

　紆余曲折はあったが20年一緒だった。この世界では珍しいことでした。

　ゴルディアは腰を痛め舞台に立てなくなった時に、引退しトスティと別れましたが、それが２年もたたないうち、美和の指導にと乞われて、ついついまた元の鞘に収まってしまったのでした。もう美和に教えることは何もなくなっておりましたから、ウィーンの最終舞台を観てトスティと別れようとゴルディアは決心しておりました。

　一方、トスティは20年前、ゴルディアと愛を確かめ合った時のように、胸をうちふるわせて「儂は美和を愛している」と、空に向かって叫びたい気持ちだった。

　その喜びを一番に伝えたかった人も、それを隠しておかなければならない人もゴルディアでした。トスティは美和を通して若く美しかった頃のゴルディアを愛してい

たのですが、何時の間にか若造のように、胸を焦がして美和のすべてを愛しているのでした。そしてそれを見守るゴルディアも若かった頃の自分自身の幻影を美和に重ね、胸を痛めるのでした。

　舞台最後の場面、ヴォータンはブリュンヒルデの瞼にキッスをして、娘ブリュンヒルデの神聖を剥奪するはずでした。

　トスティはバリトン歌手として充実した年齢になり世界的な評価も得ました。しかし時勢を反映して次の仕事が入ってこなかったのです。仕事を失う不安とこの舞台を最後に美和と別れなければならない悲しみとで、その場面でのトスティの物狂わしげな様子は日ごとに芝居を超えていくのでした。観客はそれを、娘を失う親の切ない心情を狂おしいまでに表現していると共に涙するのでした。

　そしてウィーンでの最終舞台で、トスティはとうとう瞼ではなく美和の唇に激しいキッスをしてしまうのでした。驚いた美和はトスティの唇を噛み切ってしまったのです。客席からは娘を失う悲しみを演じるトスティの真に迫った演技と見え盛大な拍手が起こりましたが、観客席で独りゴルディアは涙を流しておりました。

　トスティが演じるヴォータンは涙を拭くふりをして唇の血潮を拭きながら『告別と魔の炎』の最終章を歌い続けなければなりませんでした。その顔はヴォータンが火の神・ローゲに命じて放した猛火に焼かれてか、血潮に

染まってか真っ赤でした。

　舞台の上の岩山ではヴォータンに神聖を奪われたブリュンヒルデは最初に彼女を見つけた人間界の男の妻にならなくてはならなかったのです。

　それをブリュンヒルデがせめて猛火も恐れない強い人間の男に見付けてほしいとヴォータンに懇願したのでした。美和は、

「あ〜、舞台の上で何と言うことをしてしまったのか。二人の師匠、トスティとゴルディアになんと言って詫びればいいのか。このまま火の神・ローゲの放したこの業火に焼き尽くされたい」と願うのでした。が、信頼していたトスティに裏切られた寂しさに、心の奥底には永久に溶けない凍土のような冷たい物が広がって行くのでした。

2・3　ドイツのコンサート

　こうしてトスティ・ゴドルソンと、彼の恋人ゴルディアと美和の２年近くの師弟関係は『ワルキューレの騎行』の第３幕「告別と魔の炎」の舞台の上で終わりを告げました。

　噂と言うのはどのように伝えられるのでしょうか。美和は「氷の女」と呼ばれることになりました。もし、トスティの愛を受け入れていたならば、彼の恋人ゴルディアを裏切ることになり、やはり氷の女と呼ばれたことでしょう。

　美和はオペラの舞台から遠ざかりましたが、パーティーやコンサートには頻繁に声がかかるようになりました。

　奇妙なことに、第一次世界大戦では敵対していた日本とドイツが歩み寄り始めた頃でした。その日、美和が招かれたのは、新任の駐独日本大使館員の、着任式の後に行われるレセプションの席でした。楽団員もバリトン歌手も現地ドイツで待っているということで、美和は付き人一人を連れてドイツのベルリンに向かいました。ベルリンで列車の熱気と臭気に押し出されるようにホームに立つと、３年前、美和がナポリの療養からミラノの駅頭に降り立った時のように、荒廃したベルリンの街は奇妙な秩序と興奮と相反する空気に包まれていました。

　フランス行きの貨物列車の方からは豚の甲高い鳴き声や牛ののんびりとした鳴き声が入り混じって聞こえてき

ました。
「私たちはジャガイモや豆ばかり食べているのにあの豚や牛はフランスやイギリスの食卓に載るのよ。英仏はドイツが負けたからと言って際限なく賠償金を払わせるのよ」

　付き人として同行したドイツ娘のギルダーは自国の家畜が目の前で英仏に運ばれていくのに我慢出来ない様子だった。

「私だって売られたようなものよ。賠償金を払うためにイタリアに働きに出たのですもの」

　その時でした。豚や牛の鳴き声に混ざって歌声が聞こえてきました。

♪　Cuckoo, cuckoo,　welcome thy song!
　　Winter in going,
　　Soft breezes blowing,
　　Spring time, spring time, soon will be here.

　　かっこう　　かっこう　　お前の歌を歓迎するよ
　　冬は過ぎ行き　　優しいそよ風が吹く
　　春は　　春は　　もうすぐそこ

　そこでは女の子も男の子に混じって意気揚々と隊列を組んで歌っていきました。むき出しの白い腿を寒風に真っ赤に染めて、

♪　春は　春はもうすぐそこ
　　　冬が　冬が去っていった

と歌声を残して去っていた。しかしそれは希望の歌でなくさらなる厳冬の時代をもたらすものとは誰も知らなかった。

　イタリアのムッソリーニに呼応するように、ドイツのヒットラーの演説が民衆の心を掴み始めていたのでした。
　その当時のドイツは、第一次世界大戦から１０年が経とうとしていたが敗戦の痛手から立ち上がれず、英仏の際限ない賠償金の要求に食べるものにも事欠く始末であった。
　巷には失業者があふれ、人々の小さな不満は限りなく膨れ上がる一方でした。
　その不満を吸い上げていったのは、ヒットラーの情熱的な演説でした。
　次第に国民はヒットラーに夢を託すようになっていった。ヒットラーの理想とする姿は、日本が明治時代に取った富国強兵と、日清戦争、日露戦争時に国民一丸となって戦った姿でした。
　第一次世界大戦時下において一番高く日本を評価していたのは、日本に敵対していたドイツのヒットラーでした。日本と同盟国であったイギリスは日本の中国、アジアでの拡張を苦々しくさえ思っていた。
　日本はまさにその狂気の源であり、さらに膨れ上がっ

た狂気に日本自体が飲み込まれようとしている頃でした。共産主義を封じ込める手段に日本を利用しようとした欧米各国も、自分自身の大きな欲望の渦に巻き込まれていくのでした。

歓迎レセプションは、ドイツ人特有の整然とした秩序の下に準備されていた。きちんと手入れされた髪型、きびきびとした動き、それに同調したかのような日本人の群れ、出席していた日本人達も、さすがに皆ドイツ人に劣らず体格の立派な若者たちだった。当時ヒットラーを敬愛していた大使館付武官と数名の海軍士官も出席していた。

美和は知っておりました。美和が数曲歌い終わる頃には、その整然とした秩序が一斉に遠慮なく欲望の塊となって美和の体の上に降り注がれることを。

幕開けはワーグナー作曲の勇壮な『ワルキューレ』の中の第3幕「ワルキューレの騎行」だった。トスティ・ゴドルソンとの出会いの曲でありトスティを狂わせた曲でもあった。列席者は偉大なバリトン歌手トスティを狂わせた「氷の女」を見に来ていたのでした。

美和が演じる神の娘・ブリュンヒルデは父・ヴォータンの命に背いて人間界の兄妹の近親相姦罪を許してしまう。神である父、ヴォータンは神として娘・ブリュンヒルデに罰を与えなければならない。

『♪　お前を深い眠りに閉じ込める、無防備な女の姿の
　　お前を見つけ眠りからさました者が、お前を妻と
　　して娶るのだ！』
とヴォータンは苦渋の選択を告げるのでした。

『♪　私が深い眠りに閉じ込められ、弱い人間の男の手
　　に入るとしても、たった１つだけお聞き届けくだ
　　さい。
　　本当に、本当にお願いです！　眠る女を守って下
　　さい！
　　近寄りがたい何か恐ろしいもので！　そうすれば、
　　恐れを知らない、勇者だけがいつか岩山の私を見
　　出すはずです』
　　　（オペラ『ワルキューレの騎行』　第三幕第三章より抜粋）

　大使館で待機していた、まだ若いバリトン歌手の朗々
たる声は神・ヴォータンを見事に歌い上げた。
　美和はブリュンヒルデが父のヴォータンに慈悲を乞う
場面を歌い演じquしておりました。
　聴衆の中に、中村中尉がいた。叩き上げの軍人でやっ
と栄光をつかんでここまで来たのだった。
　ヒットラーはまだ首相にはなっていなかったが、彼の
周りの信奉者達は彼が好んだというオペラをにわかに好
むものが出てきた。
　中村もその中の一人でオペラ『ワルキューレの騎行』
を観て彼がいたく気に入ったのは、

『♪　勇者だけがいつか岩山の私を見出すはずです』
というブリュンヒルデの一節であった。

　無骨な彼が唯一知っているこのオペラの一節を、目の
前で美和が切々と歌ったので、彼は美和が自分に向かっ
て救いを求めているような気になった。彼はそのブリュ
ンヒルデを救い出すヒーローにならなければと思い込ん
だ。

　大使始め高官は何やら密談のために次の間に消え、い
よいよ無礼講が始まる頃でした。

　次に大使館の選曲は『ラ・ボエーム』でした。マヌエ
ラと霧のミラノのガス燈の下で涙ながらに歌った曲だ。
マヌエラが恋人スムソンの怪我の治療費を稼ぐためにヌー
ドになる決心をした時でした。

　あれは何年前の事だったのでしょうか。ほんの数年前
であったのに霧にかすんだミラノのように、その思い出
さえ遠い霧の中に溶け込もうとしている。

　オペラ『ラ・ボエーム』の第二幕『ムゼッタのワルツ』
（私が一人街を歩けば）を歌いながら、美和は思った。

『♪　私が１人で街を歩くとき人々は立ち止まって見つ
　　　めるの。
　　　そして皆私の美しさを、頭のてっぺんから足の先
　　　まで探すのよ。そして彼らはゆっくり味わいつく
　　　すわ。

すると、あからさまな鋭い欲望の眼差しが私の体
を嬲っていく。
　こうして私は欲望の渦にかき乱されるの』
（オペラ『ラ・ボエーム』第三幕「ムゼッタのワルツ」より抜粋）

　"若い時は"と、美和は思う。まだ25歳になったばかり
なのに、"若い時は"と歌いながら再び思う。若い時は、
それはまだ数年前の穢れを知らない時だった。

　歌う人形のように繰り返し、繰り返し『蝶々夫人』を
歌い、『ラ・ボエーム』を歌った。そして有名なバリトン
歌手トスティ・ゴドルソンに見出されてからは、その相
手として『ワルキューレ』を歌ったのだ。
　ここにいる男たちは見抜いているのだ。どんなに身を慎
み尼僧のような衣服に身を包んでも、フランコの唇が美和
の唇を吸い、美和の乳房に何度も口付けをしたことを。
　美和の眼差し、唇、そして女として成熟していく体。
心と体のアンバランスに苦悩し続ける美和、それを見続
けていたトスティ・ゴドルソンはある日、ついに最終公
演のウィーンの舞台で父・ヴォータンとしてではなく、
男として娘のブリュンヒルデを演じている美和の唇に激
しいキスをしてしまったのでした。
　それらも、もう遠い過去の事のように思えるのでした。

　駐独日本大使についてきた軍属の中村中尉の目が美和
の胸元を射るように見つめていた。

オペラ『ラ・ボエーム』の第二幕「ムゼッタのワルツ」
（私が1人街を歩けば）の、淫らで蠱惑的な歌詞と男達の
「氷の女」と呼ばれる噂の女・美和への熱い視線が美和の
体を疼かし始めた。

　紺のドレスには、田舎教師のような腰から喉まで小さ
な釦がきっちりと付けられている禁欲的なドレスだが、
かえって美和の体の曲線を際立たせていた。

　中村中尉は男たちのそんな目線に美和を晒すのが苦し
くなった。助けださなければ。

「もうイタリアの歌を止めにしろ、ここはドイツだ。ド
イツのものを歌え」

　体を捩って苦悶する美和を聴衆は固唾飲んで見守って
いた。

「LINDENBAUM（菩提樹）」と、指揮者に向かって美
和の口から漏れた時、この平凡な選曲に皆の顔に軽い落
胆の色が見えた。が、そこで美和がシューベルトの菩提
樹を歌い始めると、清冽な歌声に会場は水を打ったよう
に静まり返って、美和の歌に聴き入った。

　背の高いソファーに寄りかかるように立っていた中村
は少々たじろいだが、上官に取り入るように、

「もう歌は充分だ。少佐殿にお酌でもしろ」と言って、
美和を低い舞台から引きずり下ろした。

「何ということをなさるのですか？　私はオペラ歌手とし
てここに参っております。ご無体はなさらないで下さい」

「無体だと？　俺は大日本帝国の軍人としてここに来て
いるのだ。国民を守るために日夜研鑽しているのだ。オ

84

ペラ歌手がどうだというのだ？　人前で大口を開けて歌を歌ったり、接吻しあったり、芸者とどう違うのだ。金さえ払えばどうにでもなるものではないか？いくら欲しいのだ？」

　中村はそう言いながら、美和をもうソファーの上に押し倒していた。美和は聖女なのか、妖婦なのか？　地を這うようにやっと昇進して中尉になった中村はドイツの大使館という慣れない席と、魅惑的な女の聖女とも妖婦ともつかぬ怪しい魅力に混乱していた。

　室内管弦楽楽団員も、あれだけ規律を誇っていたドイツ軍人や大使館職員も、そして日本の大使館職員さえも、事の成り行きを面白がって見ていた。

　中村は暗黙の加勢を背中に感じて、いよいよ勢いづいて美和のドレスを引きちぎろうとした。

　ウェストの括れから両乳房の間を通り顎の下まで、きっちりと数十個付けられた釦は、美和を守る砦のように、中村の力を持ってさえ、数個ちぎれて飛んだだけであった。

　美和は思い切り中村の手を噛んだ。

「貴様、お前は帝国軍人の手に傷をつけるのか！」

　中村の拳は血に染まっていた。

「私は医者です。お手当をさせていただきます」

　そこに割って入ったのが海軍士官であり軍属医として研修に来ていた丸山航太郎だった。

　航太郎は美和にそこを立ち去れと目で合図をした。

イタリアから連れてきた美和の付き人の女を探したが、もう士官の膝の上に乗っており、その耳にも目にも美和の姿は映っていなかった。

　美和はコートも羽織らず、広間を抜けて、煌々と明かりのついている螺旋階段を走り抜け、車寄せも通り抜け、小さな明かりがついている建物の前で立ち止まった。

　ふと息を吐きながら低い石の台座に寄りかかると、その台座の頭には何やら石の置物が付いており、よく見ると狛犬だった。

　もう一方の石の台座の上にも神社の入り口に鎮座しているような狛犬が載っていた。

　美和はふと室内オーケストラが、

『♪　とおりゃんせ』

のメロディーを奏でているように思えた。続いて人々の笑い声が、美和の立っている所まで押し寄せてきた。
「美和さん、美和さん！」

　その笑い声に乗って来たかのように、若い男が軽やかな足取りで美和のコートを持って追いかけてきた。
「先ほどは同志が失礼いたしました。芸者も芸術家も区別がつかない田舎者でして」

　追いかけてきたのは先ほど機転で美和を逃した丸山航太郎だった。
「見苦しいところをお見せいたしまして」

　丁寧に謝罪する美和の肩に航太郎はコートをかけて

やった。

　日本を出るとき父・聡一郎があつらえてくれたコートだ。だが、夜目にもそれが着古しされていることがわかる。

　美和の体にもう一回りも小さくなっていて、手を通すのもやっとで釦もかろうじて胸の上に掛った。

　美和の質素な服装が航太郎には衝撃的で、それを甘んじている様子が痛々しく思われた。

『ワルキューレ』の舞台で共演者であり師匠のトスティ・ゴドルソンの唇を食いちぎったことで、出演料をもらえなくなった（美和はまだ学生の身分で、それはたぶん学校に支払われていたはずだが）。その上、ゴルディアの個人レッスン料は莫大でした。

　パトロンのいない美和には払うあてもなく、ゴルディアが要求したのではなかったが、彼女から貰ったドレスや毛皮のコートを売ってささやかながら謝罪の気持ちを表した。

　航太郎は大使館差し回しの車でホテルに送る５、６分の短い時間に労わる言葉も見つからなかった。

　美和はホテルのロビーに一度駆け込んだが、車寄せでユーターンしている車に手を振って停めさせた。そこでやっと美和は航太郎の名前を聞いた。

「ありがとうございました。イタリアに来ることがありましたら、ぜひお知らせください。ご案内いたしますわ」

　航太郎はそれが儀礼的な挨拶だともちろんその時はわきまえていた。

2・4 嘘

　美和は駐独日本大使館からミラノのセントオルニーニ音楽学院に一人で帰還したが、ひとつ気がかりなことは丸山航太郎にきちんと礼を言ってない事だった。

　美和は学校のドミトリーに着いて、丁寧な礼状を書いた。航太郎からは簡単な葉書が来た。日本に帰る予定があって、2か月後の9月23日にイタリアのジェノバ港から乗船するので21日にミラノに行くという知らせだった。

　9月の21日、「日本では彼岸の入りでしょうか」とふと美和は葬儀にも出ず、悔みの電報も打てなかった責めを感じました。

　その日、航太郎がミラノに到着予定の日は、運悪く午後から天気が崩れだし、雨や風が大改装中のホームを吹き荒れ始めた。

　ムッソリーニの権勢を誇るかのように、ミラノ中央駅の正面には岩山のように石の壁が積み上げられ、その左右には、巨大な鋼鉄の柱が連立し、駅の大改造はまるで宮殿の建設のようでした。

　しかし残念ながら工事はまだ途中で、アーケードを覆うガラスの覆いは施されていませんでした。

　駅にはこれから乗車する人、下車する客を待つ人々が少しでも風雨を避けられる場所を探しながらホームを右往左往していた。1920年代のヨーロッパの国際列車の運行は、1時間2時間遅れは当たり前で、到着ホームも定

まっていませんでした。

　それでも暮れかかったホームに、２時間遅れで列車が滑り込んできた。

　その頃、美和の体は雨風に晒され続けてすっかりと冷え切っていた。反対に、満員の列車から降り立った航太郎の体は蒸し風呂のような車中で、すっかりのぼせ上がっていた。航太郎は、あのドイツ大使館での美和の中村中尉への堅い態度を目の当たりにしていたので、美和の手紙を儀礼的なものだと受け取っていた。

　まさか、あのような暴風の中を、ホームで待っているなどと思ってもいなかったので、ずぶ濡れになりながら、ホームに立っている美和を見て、思わず両手で抱きしめた。

　美和は抗いもせず、すっと航太郎の大きな体に吸い込まれ、彼の暖かさに体が溶けるようで、航太郎は美和の氷のように冷たくなった体に驚き、ふと我に帰った。「このような、悪天候の中をお出迎えありがとうございます」と、自分を律するかのような堅い調子で言った。「いえ、こちらこそ、ドイツの大使館では機転を利かせていただきまして、ありがとうございました」と、美和も堅い調子で返した。

　初対面同然の男の胸に、体をすべり込ませた自分を美和は恥じて身を固くした。

　航太郎のふと覗かせた暗い目の奥に、あの夜の大使館の暗闇の中の狛犬を思い出した。

「そこへ入っては駄目だ。それを潜ってはいけない」

　美和がまだ子供の頃、美山神社の鳥居を潜り狛犬の方へ足を向けようとすると、決まって父に強引に引き戻された。わらべ歌、

『♪　通りゃんせ。通りゃんせ』

が耳に響いた。

『♪　ごようのないものとうしゃせぬ』

　美和が航太郎に傾く心を押さえながら、駅構内を出ようとした時だ。一人の工事人夫が美和に向かって唾を吐きかけ、

「Hündin」（売女）と、航太郎の襟の桜の徽章を見て言ったのだ。

　第一次大戦時、ドイツ兵だったのかもしれないと航太郎は思って、思わず美和の肩を抱いて庇った。

「ありがとうございます」

　美和は礼儀正しく言って、航太郎の腕から身をかわした。「Hündin」（売女）と言うドイツ語をドイツに滞在している男なら、皆知っている。美和が理解しているかどうかはその表情からは窺えなかった。

　ホテルまでの短い道筋で、

「これがドゥオーモでこの道の先がスカラ座でございます」と、美和はミラノの駅前を簡単に案内した。雨は上

がっていたが、濡れた髪やドレスが説明を簡単にさせた。

「もう、これで美和さんと会う機会もないのですね」と、捜しあてたホテルの前で航太郎が暗いくぐもった声で言った。

「明日お暇でしたら、ヴェネチアにでもご案内いたしますわ。あら、おかしいですわよね。海軍の士官様に小さな水の都をご案内するなんて」

　美和は初めて笑った。

「いや、一度は行ってみたいと思っていた場所です」

　彼は、美和にすがり付くような目で、

「ぜひ連れて行ってください」と言った。

　次の日のヴェネチア旅行のために美和は学校に小さな嘘をついた。叔父がヴェネチアに行きたいと言うのでついて行きますと言った。普段生真面目な美和の嘘を疑う者はいなかった。

　その日、昨日と打って変わって快晴だった。早速ヴェネチアでゴンドラに乗り込むと、

「新婚旅行ですか？」と漕ぎ手の船頭（gondoliere）に尋ねられた。

「いいえ、兄を案内していますの」と美和はドギマギしながら、嘘をついてしまった。

　航太郎はイタリア語を話せない。でも流暢なドイツ語や英語を話すぐらいだから、イタリア語であってもそのぐらいの会話は理解したであろう。

　美和は航太郎の前で嘘をついたことをひどく恥じました。

海軍士官制服の航太郎と美しい美和の姿は人目を引いた。観光客の目がさらにゴンドラの二人を固くさせた。

　ゴンドラはリアルト橋（ponte di rialto）を潜り抜け、さらに細い水路を右に左に曲がりながら水の上に立つ古い建物の間に架かる小さな橋をいくつもくぐり抜けた。

　水面に映る光の反射と建物の影の暗闇が、航太郎が土産店で売りつけられたピエロのお面（masquerade）を生き物のように変えた。耳まで裂けた大きな口が、美和の嘘を責めたてているようだった。

　航太郎の目深に被った帽子の奥に何か憂いがあった。鼻は日本人にない鋭角な角度を持ち、顎先は男らしく２つに割れていた。

　航太郎には日本の故郷に許嫁^{いいなずけ}がいる。２年前ドイツ渡航が決まった時、まだ女学生だった達子と無理に婚約した。女学校を卒業するまで待ってくれという相手の家を説き伏せて、とにかく結納だけはして行きたいと無理に結納を早め、契りを交わしてきた。

　そうまで無理を通して射止めた達子だが、美和の前では達子は色あせてみえ、身も心も美和に傾いて行く自分を責めていた。日本に帰れば達子との挙式が待っている。サンマルコ広場のレストランで美和と食事をしながら、航太郎はそれを隠すつもりではないが、家族の話になると達子のことを話さなければならないように思えて、自然と言葉少なになった。また、美和も学校の話をするとなると、フラ

ンコの影が大きくて、やはり言葉少なになった。

　その日のうちにジェノバまで行かなければならない航太郎のために、昼食もそこそこに列車に乗り込んだ。2人は押し黙ったまま、何か言わなければと、互いに思いながら話す言葉はちぐはぐだった。

　並んで列車の座席に座っている2人は互いの顔が見えない。

「イタリアはリビアを征服したらしいですな」と、航太郎が無粋な話をする。美和も、

「そうですわ。ですから、オペラもゆっくり鑑賞する方が減って、私たちオペラ歌手も出演機会が減り軍人の壮行会などに呼ばれるのです」と、そのようなちぐはぐな話をしていても列車は無情にもミラノ駅に着いた。そこで美和は下車し航太郎はジェノバ行きに乗り換えなければならない。

　大改修のために構内は国際列車や国内列車がさらに入り乱れ、美和は航太郎のためにジェノバ行きの列車を探して何度も構内の各方面からの路線を跨いだ。いつのまにか、美和と航太郎の手はしっかりと繋がれていた。

　やっとホームを見付けだした時、ジェノバ行きの列車は走りだそうとしていた。航太郎はそのジェノバ行きの列車に美和を引きずり込んだ。

「困りますわ。明日授業がございますの」

　だが美和の口は塞がれて体は航太郎にしっかりと抱き寄せられた。

2・5　侮蔑

　その翌朝、美和は久しぶりに爽快な朝を迎えた。窓から差し込む光は潮の匂いを運んできた。航太郎が上半身裸で浴室の鏡の前で髭を当たっているのがドアの向こうに見えた。美和ははにかんで、
「おはようございます。もう今日は日本にご出発なさるのですね。私も３か月もすれば日本に帰れると思います。どうぞお待ちになってくださいませ」と、美和が言った瞬間、それまで髭を当たっていた航太郎が、剃刀を持ったまま振り返って浴室から出て来た。
「俺に待っていろだと！　おまえを待っていろと言うのか？　純情そうな顔をして、しおらしい態度で俺を騙せると思っていたのか？　お前は日本の恥だ。中村中尉の言った事が正しかった。お前は芸者以下だ。『Hündin』（売女）だ」
　航太郎のドイツで購入した剃刀には、頬を切ったのか血がついていた。
　ミラノの駅で工事人夫が美和に「Hündin」という言葉を投げつけた。航太郎は口にして、その言葉のおぞましさに身震いした。
「他のものは騙せても、俺は騙されないぞ。俺は医者だ。お前は何人の男と寝たのだ。おまえの体には、堕胎の跡がある。イタリア人か？　ドイツ人か？　それとも日本人の子か？」
　美和は驚愕しました。ここ３年あまり、尼のように身

を固く守り、周りがモナカ "MONACA" イタリア語で尼を意味する言葉で呼ぶほどであったのに。美和はそう呼ばれることを、侮蔑と受け取らず、誇りとしていたのに。

　恩師、トスティ・ゴドルソンの求愛を拒絶し、氷の女と呼ばれるほど、清らかに身を過ごしていたのに。パトロンも持たず清貧に甘んじていたのに。

「イタリア人かドイツ人か、それとも日本人か？」

　美和は航太郎の豹変ぶりに、ベッドの上で呆然と彼を見ていました。昨夜の誓いの言葉は夢だったのでしょうか？

　いいえ、夢では無い。白い百合の花束がテーブルの上に置いてある。航太郎はジェノバのレストランであの百合の花束を抱えて、美和の前に跪き、

「結婚してください。明日、日本に戻らなければならないが、またきっとここに戻ってきます。結婚してください」と懇願したのでした。

　突然の申し出に、美和はなんと答えていいかわからなかった。だが、口から出た言葉は、

「はい、わかりました。私も日本に帰ります。待っていてください」だった。だが、昨夜の夢は、終わったのだ。

　昨夜、航太郎は美和を優しく抱いた。しかし美和が義務が済んだかのように起き上がった時、彼は何か物足りなさを覚え美和の肩を両手でつかみ押し戻した。

「もう、許してください！」と言って再び起き上がろう

とする美和を再度引き戻した。

　美和の体は震えていた。オペラ歌手として立ち行かなくなった昨今、帰国の機会を望んでいた彼女にとって航太郎のプロポーズは好機だった。しかし、これ以上自分の気持ちを偽り、フランコの時のように人形でいることに恐れをなした。

　先程は航太郎のなすがままに人形のように抱かれた美和が、急に怯え震え、抗う姿に航太郎は新たな興奮を覚えた。征服。「Hündin」

　航太郎は夢中で美和を組み敷いた。美和の胸は怒りで激しく波打っていて乳房全体が桜色に染まり、

「もう許してください」と繰り返すたび航太郎を愚弄するかのように右に左に揺れた。

　航太郎が口付けをしようとすると長い髪をゆすって拒むので「許してなるものか」と唇を胸に這わせ乳首を吸おうとして、誤って噛むと美和の体は反りかえった。

　美和の体は航太郎によってフランコの毎夜のレイプを再現させられたのでした。

　毎夜耐え忍んだ屈辱の夜。押し殺した怒りが、知らず知らずに彼女の中に蛇身を育てていたのでした。

　美和の長い手足がするすると伸びて彼の体に巻きついて、体勢が逆になった。

　上から見下ろす美和は舌なめずりするように唇を舌でなめた。航太郎の全身に恐怖と戦慄が走った。

　航太郎は彼女を跳ね返そうとしたが、どうしたことかびくともしなかった。長い髪が彼の顔を弄り彼女の唇が

彼の口をふさいだ。

　彼は渾身の力で跳ね除けようとしたが、今度は美和の両手が彼の胸を押し付け、胸から滑らせた手で喉を掬いあげるように締めあげ始めた。喉仏のゴリッとする音がして、彼の体は美和に抱えあげられ、重なったまま宙に浮いた。天井近くを飛び廻ってから、ベッドに押しつけられ、彼は精を吸い取られた。

　航太郎が正気付いた時は、全身汗まみれであった。すぐ脇で美和が健やかな寝息を立てて眠っていた。

　何が起こったのか、舌なめずりをして彼を見下ろしていた女は誰だったのか？

　西洋の女を見慣れた彼には、美和の寝顔は無邪気な童女のように見えた。が、無防備に抱いたが彼女は娼婦だったのか？　妖婦だったのか？　悪所通いをする同輩達が、「頼むよ、どうも危ない女を抱いてしまったらしいのだ」と言いながら航太郎の元を訪れる同僚を、からかいながら、

「サックを附ける暇もなかったのかい？」と消毒の紫色のプロタルゴールを尿道に２、３滴流し込んでやることが度々あった。

　しかし美和に堕胎の跡があると知った時、航太郎は激しく動揺し医者であることをこれ程呪ったことはなかった。己の尿道にプロタルゴールを流し込んでその夜は一人煩悶し一睡もできずにいた。

　美和は航太郎の昨夜とは別人のような豹変に驚き、あ

わただしく身支度をして、部屋を出て行こうとした。白い海軍士官の制服に着替えた航太郎は美和の腕を掴んだ。まだ、美和に未練がある。昨夜の美和は何だったのか。頭が痺れる快感と恐怖は何だったのだろうか。美しい上にオペラ歌手としての名声を鼻にかけるでもなく、イタリア語、ドイツ語、フランス語まで巧みに操り、手紙に綴られた文字も淡麗であった。

どこに連れて行っても誇れる女だ。達子には申し訳ないが、謝るほかない。覚悟を決めてジェノバ行きの列車に美和を引きずり込んだはずだった。

昨夜、貞淑な妻になるであろうと航太郎が思った瞬間、美和は抗い、乱れ始め、航太郎を深い快楽と混迷と疑惑の世界に誘った。聖女なのか、妖婦なのか？

１度や２度の恋なら仕方がないかもしれない。航太郎は美和のために言い訳をした。しかし、他の男の子を身籠もったことのある女を長男である自分は受け入れきることができない。家族のものは何と言うだろう。

堕胎したことがある女なぞ、絶対に受け入れるはずは無い。

航太郎は家族のために美和を諦めるのだと自分に言い訳をした。しかし、まだ未練はある。航太郎の中で哀惜の念が深まれば深まるほど、憎しみが募った。知らなければよかった。では、抱かなければよかったのか？

「逃げるのか？　中村中尉ばかりでなく、俺にまで恥をかかせるのか？　そうだ、お前は俺の婚約者だ。昨夜誓い

あった仲だ。こうして契もした。出港までお前は俺の傍にいろ」

　部屋の外ではホテルを退出する人の足音やら、スーツケースを引きずる音、港の出航を知らせるドラや「ボー」という何やら物悲しい汽笛などが混じりあって、朝からやるせない気分だった。

　次第にキリキリと力を増す航太郎に掴まれている手首の痛みに耐えかねて美和は身を捩った。純真そうな美和と、航太郎をもたじろがせた妖艶な昨夜の美和。

　航太郎はさらに力を込めながら、苦悶の色を表す美和の腕を引き寄せて、もう一度抱きたい、と思った。美和の体に刻み込まれた他の男の痕跡を知ってしまった時の衝撃と増悪。しかし、愛おしさが募るばかりで、それを鎮めるためには、憎悪の念を高めるしかなかった。

　航太郎はふとあることを思い出した。美和の腕を離し、「そうだ、お前の苗字は碧小路と言ったな。お前の親の名は〝ソウイチロウ〟ではないか？」
「どうしてそれを？　どうしてそれをご存知なのですか？」
　美和は一瞬懐かしい父の名が出たので、顔が和んだ。
「あきれ果てた親子だ。俺の叔父、浩介が度々口にしていたよ。聞きたいか？」
　航太郎は美和をテーブルの前に座らせて、憎々しげに語りだした。

それは江戸が明治になり、十数年過ぎた頃でした。

　明治維新の波は多くの若者を外国へと駆り立てた。その夢を抱いて、ドイツに渡ったのが、美和の父、聡一郎であった。

　聡一郎の家、碧小路家は大名や公卿、高僧などの宿泊を宿本陣として賜っていたが、江戸末期から大名行列は消滅していた。

　聡一郎の父・総衛門は、これからは学問の世の中だと、その中でも政治経済に携わることがこの世を変える一番の道筋だと、ドイツに政治経済を学ばせに行かせたのだった。

　だが、聡一郎は帰国後、屋敷にとどまって、世に出ることは長くなかった。

　誰もが訝がった。ドイツで何があったのか？　村人は噂しあった。

「ドイツ女に玉とられたのさ」

　なかなか結婚もしない聡一郎は、村人にまで揶揄された。

　ようやく彼が結婚したのは、40近くなってからで、そこで生まれたのが、美和たち3人姉妹であった。美和でさえ聡一郎のドイツ留学のことは何一つ聞いてない。それを聞くことが出来るならとばと、美和は彼の話に耳を傾けた。航太郎の話によるとこうだ。

2・6　チュチュの献身

　航太郎の叔父・浩介は聡一郎と同じ頃ドイツに留学していて、大学で彼とは顔見知りだった。

　聡一郎は明るく快活で、日本人の間でもドイツ人の間でも人気があった。彼の下宿先には、宿の息子でヘーゲルという２つ上の息子がいた。その彼も気さくで、特に女性に人気があった。

　ヘーゲルは聡一郎のことを気に入って色々な場所に連れ出した。その中にオペラ劇場があった。彼は特にオペラに関心があるわけでなく、裕福で身分のある女を探すのが目的であった。

「今の世の中、仕官をしたってたかが知れている。金持ちの貴族の女を見つけて優雅な暮らしをするのだ。この僕の頭脳と器量があればどんな女も僕になびく。見ていたまえ、君。まぁ、ソウイチ、君もそれだけの頭脳と器量があればどんな女でも落とせるさ。僕について来たまえ」

　ヘーゲルがひき合わせたのはイタリアからの留学生チュチュだった。オペラ劇場でヘーゲルが未亡人になったばかりのヴァンシュタイン公爵夫人に取り入ってる間に、碧小路聡一郎とチュチュは意気投合し、聡一郎はチュチュの借りている小さな家に移り住んだ。

　チュチュの周りにはいつも、ドイツ人や日本人の学友達の談笑が絶えず、大学は違っていても自然と航太郎の叔父もチュチュの家に出入りするようになった。

美和の父、聡一郎とチュチュとの交際は順調で、一年足らずでチュチュは妊娠をした。聡一郎は日本の家を捨て、ドイツで暮らしを立てるために仕事を見つけようか、と思い始めた頃だった。

　しかし、悪阻がひどいのかチュチュは、総一郎を受け入れなくなった。チュチュの体を案じた総一郎はそれを甘んじて受けていたが、若い男の体は理性でわかっていても、ついチュチュに手を伸ばしてしまう。チュチュはキッスをすることも拒むようになった。所々に擦りむいた個所や、青あざがあった。

「どうしたのか？」と尋ねると、

「目眩がして転んだのよ。心配しないでね」と答えるのでこれも悪阻のせいかと、それ以上問い詰めることもせず、却って己の欲望を恥じ、悶々とした日々を過ごしていました。

　ある日、大学の休講があったので、昼前に帰宅すると、寝室からうめき声が聞こえる。慌ててドアを開けるとそこには、ヘーゲルがチュチュの上に乗っていた。

「貴様何をしているのだ？」と駆け寄ると、チュチュの手はベッドに括り付けられていた。ヘーゲルはズボンの前を閉じもしないで、ベッドからノロノロと起き上がると、

「俺の負けだな。俺はもうダメだ！　俺は嵌められた。ヴァンシュタイン公爵夫人は俺に恨みを持っていた」

　聡一郎が慌ててチュチュの縄を解いている間、ヘーゲルはノロノロと身支度を整えた。

「公爵夫人は俺が彼女の姪っ子を妊娠させて捨てたことを恨んでいた。ヴァンシュタイン公爵は梅毒で死んだのだ。勿論、夫人も罹っていた。侯爵夫人は僕を梅毒に罹患させるために近寄って来たのだ」

「何故チュチュを襲う？」

聡一郎は泣きながらヘーゲルを殴りつけていた。

「俺はお前が妬ましかった。日本人のお前が女も子供まで得るなんて。俺は梅毒で一人苦しんでいる。鼻挽げになって生きていくのも嫌だ（当時は有効な治療薬がなく、性器から身体内部、脳まで犯される恐ろしい病だった）。俺はチュチュの懐妊の噂を聞いて、道連れにしようと思いついた。聡一郎俺の勝ちだろう？」

チュチュは聡一郎の足元に膝まずきながら、

「このお腹のなかの赤ちゃんだけは守ろうと思ったわ。ごめんなさい。守れなかった。でも、ソウイチロウ、あなただけは無事に日本に帰って。これが私の最後のお願いよ」

かねてから覚悟を決めていたかのようにチュチュはベッドの下から肉切り包丁を取り出し、ヘーゲルめがけて突進した。ヘーゲルはその刃を避けようともせず、むしろその出刃包丁の柄に手を添えて自分の胸に突き刺した。

そこへ聡一郎の学友である航太郎の叔父・浩介と、他の２人の日本人の学友が入ってきて、出刃包丁を胸に刺され血まみれになっているヘーゲルを見て、立ちすくんだ。

チュチュは部屋に入ってきた二人に向かって、

「私はだんだん粗暴になっていく聡一郎が嫌いになって
きたの。そこで、ヘーゲルとよりを戻したのよ。これこ
の通り見えるでしょう。あちらこちらに擦り傷や縛られ
た跡が。本当に日本人は野蛮だわ。ヘーゲルはいつも優
しく庇ってくれたわ。私たちに触らないで、私とヘーゲ
ルは梅毒よ」

　チュチュはヘーゲルにつかつかと近づくと、やおら出
刃包丁を引き抜き自分の胸に突き刺した。

　航太郎の叔父・浩介や学友の証言で2人の心中は幕と
なった。梅毒と言うことで検視も形だけ行われ、聡一郎
は退学させられ帰国した。

　真相は闇の中で日本人留学生のみならず、ドイツ人学
生の間にもいろいろと憶測が出てきたが、学生たちがそ
の手の店に行く回数が暫くの間減ったことだけは事実だ。

　航太郎は叔父・浩介から伝え聞いた話をしながら不思
議な感覚に陥った。ここで話をしているのは聡一郎で、
話を聞いているのはチュチュだ。

「お父様、ドイツで何がおありになったのですか。美和
だけを愛してくれたのではないですか？」

　航太郎の叔父の話したことが事実ならば、美和の父、
聡一郎はどのような思いで帰国したのだろうか？　もう
昼時も過ぎた。何度もドラの音が近くに聞こえた。

　美和は娼婦のようだと罵られたことよりも、父の聡一
郎がドイツでそんな事件を起こしていたことに驚いた。

それにチュチュが深い愛情を父、聡一郎に注いでいたこと。日本の女にもできないほどの立派な覚悟。

　それで美和にも少し事情が飲み込めました。

　ドイツ留学を終えて立派な洋行帰りの学士様として、身を立てる術があったろうに、なぜか10年近く家に閉じこもり世にも出ず、嫁も貰わず、父は何を思っていたのでしょうか。禊をしていたのでしょうか？

　美山の登り口に小さな神社がある。神社の入り口には石柱が立っていて石柱の上には狛犬が載っていた。神社は入り口から谷を少しばかり下り薄暗い林の中にあった。

　でも、美和はそこに連れて行ってもらったことがない。父はいつもその狛犬の前を足早に素通りし、美和が足を向けようとすると怖い顔をして引きずるように通り過ぎるのだった。

　美和には母の思い出もない。母は美和が幼い頃亡くなり、公卿の出だと言う祖母に育てられた。民子は立ち振る舞いが優雅で美和の憧れの人でもあった。何時から互いに避けるようになったのだろうか。

　美和と航太郎は、しばらく時の間（はざま）を漂いました。
「もうこんな時間だ。忘れていた。友人が待っているはずだ。だがいいか。俺の友人が話しかけても、俺の傍でただ立っているだけで、一言も話すではない。一夜限りとは言え、お前は俺の婚約者だった。お前の親父の恥を話されたくなければ、一言も喋るな」

港の大桟橋では中村中尉と大使館の書記官がニヤニヤしながら美和を待っていた。

「宿に貴様を迎えに行ったら女連れだと言うではないか。やっぱりこの女かと思ったよ。この色男が。でも昼までとは恐れ入ったね」

　美和はもう何も耳に入らなかった。真っ青な顔をして呆然と航太郎に手首をしっかりと掴まれて立っていて、中村にあらぬ想像をされても気がつかない。

「この女はとんでもない女でしたよ。中村中尉がおっしゃる通りで娼婦ですよ。おかげで昨夜はいい思いをたっぷりさせてもらいました。そうだ、忘れるところだった。昨夜の代金をまだ払ってなかったね。君にただ乗りしたとは言われたくないからね。ここで払っておくよ」

　そう言って彼は大げさに財布から数万リラの札束を呆然としている美和に握らせた。美和はハンドバックに入れるでもなく突き返すでもなく、握らせられた札束を持ったまま、右手首をまた航太郎にしっかりと掴まれてしまった。

「中村中尉、僕はまだ青二才です。芸者と prostitute との区別がつかなかったのは僕でしたよ。先輩の眼力にはかないません」

　それまで日本語で話していた航太郎は娼婦という言葉をわざと周りにいる外国人にもすぐわかる prostitute という英語を使った。ジェノバの大桟橋には東洋人も何組かいたが皆貧しげで、美和たち一行のように、人目を引くグループはいなかった。2回繰り返して言われたその

言葉は周りの男たちの耳をそばだてさせて、それまで遠慮がちに美和を見ていた男たちは、美和のほつれた髪や、綿ローンのブラウスが糊落ちしているのを見て、昨日から着たままの朝帰りだろうと、そんな想像までしていた。

それを見ていたのがルイジ・ウェルバーデだ。彼は妻子をイシキヤ島行きの小さな船に乗るのを見送った帰りだった。彼はリビアの総督府の書記官として赴任するところだったが、妻子は情勢が不安定なリビアへ行くよりも、イシキヤ島での安穏な生活を選んだ。彼が金さえ送ってくれれば文句は無い。それは彼にも好都合だった。現地妻を娶るか毎日日替わりで商売女を連れ込むかである。

彼の妻もそれを承知だ。ルイジはそんな胸算用をしながら、歩いていて目に付いたのが航太郎と美和達のその光景だった。

大方の乗客が乗船し、残りの乗客も、もうタラップに足をかけていた。急かすように銅鑼が鳴り、航太郎も美和の手を放した。が、急に踵を返し、美和に言った。
「そうだ、昨日貴様にやった俺の銀時計を返してもらおう。お前のような穢れた女が身に付けるものではない」

そう言って、美和の手首から乱暴に時計をはずしてそれを地面に叩きつけた。時計のガラスは割れゼンマイがコロコロと四方に散った。航太郎は、何も言わずにタラップを駆け上がった。中村中尉達は唖然として彼を見送った。彼らは聞いていた。大学を首席で卒業した彼は記念に銀時計を大学から贈られていたのだ。航太郎は、彼らに故郷の許嫁達子に見せるのが楽しみだと言っていた。

ルイジは航太郎の無慈悲な行為に腹を立て、今にも倒れそうな美和をその場から一刻も早く離れさせたかったのだ。

　ルイジは航太郎が握らせた、こぼれ落ちそうなリラの札束を美和の手から自分のコートのポケットに入れ、抱きかかえ引きずるように足を早めた。航太郎が船上から見たのは、男に抱かれて昨日２人で宿泊した宿、Labirinto（迷宮）に引き込まれる姿であった。

　ルイジは宿の亭主に赤ワインを部屋に持って来させた。気付け薬のつもりだった。

　美和の頭の奥でオペラ椿姫の乾杯の歌がぐるぐると回った。椿姫の原題は『la traviata』（道を外した女）である。

『そう、私は道を踏み外した女』

「Saluti」（乾杯！）とルイジに向かって美和はワインのグラスを挙げた。一日中何も食べないでいた美和は、口に含むなり、ふらふらとベッドの上に倒れ込んだ。

　娼婦、そう私はもう娼婦だ。同じ宿に２人も男を連れ込んだ。娼婦でなくて何であろうか。美和の意識は遠のいた。

2・7　航太郎への手紙

　9月23日午後、丸山航太郎は、ジェノバ港を午後遅く出港した。

　動き始めた船のデッキからの彼の目にはイタリア男に引きずられるように、2人が一夜を過ごした宿、Labirinto（迷宮）に美和が連れ込まれる光景だ。

　航太郎は大きく手を振ってそれを中村たちに知らせようとしたが、中村中尉たちはそれを大げさな別れの挨拶と捉え飛び上がって手を振った。彼らは美和のことは気になっていたが、どうしても振り向くことが出来なかった。

　錨が引き上げられ船がゆっくりと岸壁を離れてから中村たちは美和の方を振り向いた。そこにはもういなかった。辺りを探したが、見送りの客たちが次々と大桟橋を離れ、彼らは人の渦に巻き込まれ、どこにも美和の姿を見付けらなかった。

　中村たちは、友人たちと一旦ミラノで解散した。

　だが、どうしても納得のいかないモヤモヤを抱え込んだ中村は次の日、ジェノバに戻った。

　丸山と美和が宿泊した安宿Labirintoや大桟橋やジェノバの駅をぐるぐる回ってみた。

　まさしくそこは迷宮のように過去から現在に至るまでの、王公貴族たちの宮殿（Palazzo）が建ち並んでいた。

　幾度かの戦禍を経て建物には弾痕がいくつもあり、かつての彼らの栄華を忍ばせる豪華で品のある姿が却って

うらぶれて哀れだった。

「もう一度栄光と栄華を取り戻そう」と唱えるムッソリーニの悲痛な願いはジェノバ港の拡張という形で表れていた。

　武骨に拡張された船着場からは資材が次々と降ろされて、そこだけは活気を帯びていた。中村自身、美和がまだそこに宿泊しているなどとは、もちろん当初から想像すらしていなかった。が、なぜか美和を放っておくことはできなかった。再度、ミラノの広い駅の構内に戻って捜してみたが、そこにいるはずもなく、またジェノバに戻った。

　宿と桟橋の間を行ったり来たりしている中村に気づいた、宿の亭主が声をかけた。

「これは、これは先日のお客様ではございませんか？　何かお探しでございますか？」と問うた。

　思いがけず、訛りの強いドイツ語で宿の亭主に声をかけられ何を言っているのか、最初はわからなかった。

「日本人のお客様ですよね？　先日は確か宿にお見えになりましたね」と言って亭主は意味ありげな笑いを浮かべた。中村はそれが何なのかわからず訝ったが、亭主の汚れた前掛けを見て思い出した。

「そこの宿の亭主か？」

「左様でございます。お連れ様の女の方ならまだご滞在でございます」

「え！　美和はまだいるのか？」

中村は興奮して両手で亭主の肩を掴んだ。

「はぁ！」と、そこで亭主は言葉を詰まらせた。

「女がそこにいるのか？　まだいるのか？」

中村は亭主の思いがけない返事に、歓喜の声を上げた。

「いらっしゃることはいらっしゃるのですが」と亭主は歯切れ悪く答えた。

中村は、宿へとどんどん足を早めた。

「待ってくださいよ。居るには居るのですがね」と口ごもりながら、今までの経過を話した。

美和を連れ込んだ男は一昨日から美和を離さず、今日は用事があると言って朝早く出かけたが、その時亭主に女が逃げ出さないように見張りをするように頼んで出かけたという。

「そのお客様はですね、ちょうど今出かけております。夕方には帰って参りますので、あの女の方にお会いになりたいのでしたら、何とか私がいたしましょう」

亭主は揉み手しながら前掛けの下から手を出した。中村は亭主の手に数万リラの金を握らせた。中村は時計を見た。あと数時間。そういう意味で美和を探し歩いたわけではない。丸山航太郎は、今のところ中村の部下であるが、帝大卒でドイツでも首席の航太郎が中村を追い抜いて上官になるのは目に見えていた。

ドイツでの大使館での出来事を根に持っているわけではないが、面白く思っていないことも確かである。あれだけ航太郎が執着した女をモノにしてみたいと思った。

「少々お待ちください。女が騒ぎ出した時の為にとイタ

リアの旦那から預かった薬がございます。それをワインに混ぜて飲ませますので、それが効く間少々お待ちください。ばれたら私の身も危ないので分かって下さいよ」

中村は一時間待てと言われたが、二十分もたたないうちに宿を訪れた。昔の栄華を忍ばせる白と黒との大理石の床が灰色に沈み込み、豪華なクリスタルのシャンデリアのいくつかの房は欠けて、替わりに埃が房のように伸びて下がっていた。

二日前、航太郎を迎えに来たときは、その宿のうらぶれた光景に唖然としていた。だが、今日の中村にはそんなものは何も目に入らない。亭主は無言で美和の宿泊している部屋のドアをそっと開けた。

美和はシーツ一枚を身にまとっただけのあられもない格好で、ベッドに横たわっていた。

美和は深い淵に引きずりこまれそうな気だるい闇の中にいた。美和は何度も自問自答していた。

「お父様、私の何がいけなかったのでしょうか？　尼と言われるほどこの身を清く守り続けてまいりました。私を心から求める方に巡り会いすべてを捧げました。それがどうでしょう。一夜にしてその方は私を娼婦と蔑むのでございます。しかし、私は蔑まれて当然の女になってしまいました。同じ宿の同じ部屋で」と美和は天井を見上げてルイジに連れ込まれた部屋が昨日航太郎と契った部屋だと気づいたのです。

天井のシミと時代がかった彫刻のヘッドボードが動くたびにギシギシ鳴るベッドのスプリング。

ルイジは昨夜、
「リビアへ行くかい？」と行為の後でふと、美和に漏らした。
「リビア？」
　マヌエラの出身地だ。美和の弛緩した頭が、
「え、いいわ。でもきちんと結婚式を挙げてくださいね」
と、劇中劇のセリフのように答えた。
　航太郎の豹変、父聡一郎のドイツでの思いがけない秘密、心ならずともやすやすとルイジに連れ込まれた昨夜。
　中村と宿の亭主が部屋に入ってきたとき、美和は一人では抱え切れない現実に、もうこの世から消え去りたいと思っていた。
　一字一句たりとも違わずに歌われるオペラの世界。しかし現実の世界はあまりにも不確実で現実離れしている。ベッドの上の美和は助けを求めるように、右手を少し上げた。中村にはそれが彼への挨拶のように思えた。シーツが少し右の肩から滑って美和の乳房が少し見えた。中村は下腹部にズシーンという衝撃を覚えた。すぐにでも食らい付きたかった。だが、彼を少しだけ躊躇させたものがあった。航太郎は、今は彼の部下であるが、すぐに上司になるのは目に見えていた。彼がベルリンの大学でもらった銀時計を与えるほど思いを込めた女を陵辱するとどうなるだろうか。いやいや、航太郎には許嫁がいる。契りあって、ドイツに来た。帰国すればすぐに祝言が待っている。俺には許嫁も嫁もいない。何はばかることもない。そうだ、この女は娼婦なのだ。航太郎が

そういったではないか。航太郎に抱かれ、今はイタリア野郎の女になっている。

　俺が抱いて何の差し障りがあるだろうか？

『♪　無防備な女の姿のお前を見つけ眠りからさました
　　者が、お前を妻として娶るのだ！』

　そうだ、オペラ『ワルキューレ』のヴォータンがそう言っているではないか。
「この無防備に眠るブリュンヒルデを勇者だけが妻にできる」とも言っている。俺は軍人として選ばれてドイツに来た勇者だ。中村は自分に言い訳をしながら、朦朧としている美和を組み敷いた。
「助けてくださいお父様、美和は今、道を踏み外そうとしております。美和は必死にもがいていた。いつもなら、「その道に行ってはいけない。そこを潜ってはいけない」と何時も制止をしていた父が美和を組み伏せて体に押し入ってこようとしているではないか。

　美和はありったけの力をふりしぼり抵抗した。その結果の空しさを一番美和が知っていた。

　それでも抵抗せずにはいられなかった。大罪を犯してはてはいけない。

　堕胎の罪の上に近親相姦の罪まで重ねてはいけない。

　美和の頭の中で、ヴェルディの『レクイエム』怒りの日の葬送曲が流れた。暗くやるせないほどの怒りの声。

　男の顔は父から航太郎に変わった。ヴェネチアのゴン

ドラの中での航太郎は、口が耳まで避けたピエロのお面をつけており、狭い水路の中を右に左に曲がるたびに、水面に踊る光がお面（masquerade）を生き物のように操り、そのピエロが、美和を襲う。

またジェノバの宿labririnto（迷宮）の航太郎の顔は朝の陽光に射られて眩しくて見えなかった。思い出せない。

一夜限りといえども、契りを交わしあった男の顔を思い出せない。必死で抵抗すればするほど男の力は増して来た。美和は恐れと体に感じる快感とで物狂おしく、

「私はこのまま男の顔を思い出せないぐらい多くの男に穢されつづけるのだろうか？」と思うのでした。美和のレクイエムの日でした。

中村はぐったりとした美和の顔を覗き込んだ。美和のぼんやりとした目に映りこんだのは中村だ。

「中村中尉ね、あなたで良かったわ。本当にあなたで良かったわ」

美和はそれが父・聡一郎でないことで、ホット和んだ。中村にはそれが聖女の微笑のように思えた。

「あなたで良かったわ」と言う美和の一言は世界を征服したくらい彼を喜ばせた。

「はい中村中尉でございます」

中村は美和の体にまたがったまま最敬礼した。それが滑稽で美和は少し笑った。中村はすっかりとシーツが剥がれ落ち、むき出しになった美和の裸体から降りてベッドの脇に立ち、

「失礼をばいたしました。もう一度抱かせてもらってい

いでありますか？」と、最敬礼をして美和に問うた。美和は薬で朦朧としている彼女を陵辱した中村を許せないと思った。

　だが、もう良い。もう娼婦と蔑まれるほど落ちた身だ。美和は黙って頷いたのでした。

　中村は、事の成り行きを全て航太郎に書いた。その手紙は横須賀港の航太郎の新居に届いた。

2・8　達子

　航太郎と達子の新居は横須賀港が見渡せる丘の上にあった。
　婚礼を次の日に控え、嫁入り道具が収められている新居に達子は女中の巻を連れて来ていた。
　細々とした道具や野菜や味噌や米を運び込むためであった。
　航太郎の美和への執着も長い航海の間に少しずつ薄れ、今はすっかり女らしくなった達子の仕草に目がいった。
　だが、帰国から１週間経った今も達子に触れることができなかった。
　二年前の結納の日の夜、いきなり達子と契りを結んだことが達子を警戒させているのか航太郎の前に一人で現れることはなかった。
　今日も女中の巻を連れてきている。だが、航太郎は二人きりになるチャンスをうかがっていた。
　棒のようだった達子が二年余りでこのような女らしさに満ち溢れた体になっているとは予想をしていなかった。
　二年前は男の子を抱いているようで、航太郎を失望させた達子の体がどのように変化を遂げたのか、妻となる前の達子の体をその手で確かめたいと思った。
　書斎の机の前で航太郎が思案していると、一通の手紙を持って達子が現れた。
　中村からの手紙であった。

「あら！　中村さんはあなたの上官ですわよね」

達子は航太郎の背で言った。達子の長い髪が航太郎の首筋を撫でた。達子に手を伸ばそうと思った時、

「もう三日も前に届いていましたのよ。何のご用かしら？」

女中も次の間からちらちらと好奇の目をのぞかせていた。

航太郎は封を切った。読み進めるうちに青ざめた。達子を部屋の外に追い出し続きを読み出した。

「『あなたで良かったわ』美和さんはそう言ってくださったのです。美和さんは聖女のように優しく俺を何度も抱いてくださったのです。

時間があれば貴様のように一晩中抱いていたいところだったが、イタリア男が仕事から帰ってくるというのです、俺は、宿の亭主に追い出されてしまった。

美和さんを連れ出そうとしたのだが、彼女の衣服全てを洗濯女が持ち出してしまい、パスポートと金はイタリア男が持って行ってしまったらしい。

その日はどうすることもできず、ミラノに戻りありったけの金を友人知人からかき集め、次の日、美和さんのための衣服を買い求めジェノバの宿に行ってみると、もうそこには美和はさんは居なかった。

イタリア男に連れ去られたあとで、宿の亭主にどこに行ったのか聞いても、『知らぬ』の一点張りでどうにもならない。

ジェノバのすべての宿や、美和さんのミラノの学校も

訪ねてみた。学校には結婚のために帰国するとの連絡をしただけでヴェネチアに貴様と出かけた後一度も学校には姿を現さなかったということだ。結婚のため帰国すると電話で連絡してきたのは、どうやらそのイタリア男らしい。

　もし何か消息が掴めたら必ず俺に知らせろ。貴様と違って俺には嫁も許嫁もいない。俺は、美和さんを必ず娶る。いいか、美和は俺のものだ」

　航太郎は怒りに震えた。中村が書いてきたとおり俺は美和を捨てた。中村が美和をどうしようと文句が言える立場ではない。でもこの怒りは何なのだ。

2・9　ヨロケ坂

　航太郎には美和を責める資格はなかった。

　達子だけではない。航太郎には高専時代に通っていた時にも女がいた。

　10年前、まだ高校生だった航太郎は横浜の叔父・浩介の家に下宿をしていた。駅からはヨロケ坂という長い坂を登っていかなければならなかった。

　若い航太郎には何と言うことのない道だった。

　ある日、長い坂を登っていると、前を歩いていた女の買い物籠の手が突然切れたらしくカゴの中身の馬鈴薯や蜜柑などが転げ落ちてきた。女の籠の中にはワインの瓶が入っていたので、その瓶が落ちないように両手で籠を抱えてヒールを鳴らしながら航太郎の方へ走ってきた。

　航太郎は足元まで転がりこんできた馬鈴薯や蜜柑を拾った。両手でそれらを拾い上げて突っ立っている航太郎に女は礼を言った。

　航太郎はどうすべきか分からなかった。女の籠の中にはワインの瓶が入っている。片手が取れた籠の中に馬鈴薯やミカンを入れてしまったが、いかにも重たげで、航太郎は、黙って女の手から籠を取った。

「家はどこですか？」

　女は坂の途中でくたびれきっていたのか、

「もう少し向こうでございますわ」と安堵の色を示し、坂の途中で右の路地に入った。

　低い煉瓦の塀に囲まれた当時としてはしゃれた洋風の

家だった。航太郎は門のところに籠を置いて帰ろうかと思ったが、それもいかにも不親切そうに思えて門を潜って玄関前にその籠を置いた。

「本当に助かりましたわ」

　女にも航太郎にも籠の中のワインは何か意味ありげで、航太郎はそっとそこを離れようとした。

「暑いでしょう。冷たいものでも召し上がって行ってくださいな」

　女は航太郎が籠を持って後について来るのが当然のように振り返りもせず家の中に入った。

　そこで靴を脱ぐような家だったら航太郎も躊躇して決してそこから中に入ることはなかったであろうが、外観通り洋風で土足のままであがるようになっていった。

「そこに置いてくださいな」と言って、テーブルの上を指し、ちょっといたずらっぽい笑顔を見せた。

「お水よりワインかしら、でも学生さんに飲ませたらご両親様に叱られるかしら」と、もう両手にワイングラスを持って立っていた。

「今は叔父と一緒に住んでいます」

　航太郎は否定とも肯定ともつかない返事をした。ワインは叔父と時々飲んでいたからだ。

　それ以後、その女の元へ数年通った。

　女の夫は航海士で一度旅に出ると長いときは数か月帰って来ないという。食欲と性欲を満たしてくれる航太郎には都合のいい女だった。叔父に注意されるまで女という意識もあまりなかった。

帝大に入学が決まり下宿を本郷に移すと、その女からも足が遠のいた。

　本郷にまた同じような女ができた。

　なぜこのような話をするかというと航太郎が帝大を卒業して数年後にドイツ赴任が決まった時だ。航太郎はふとこの栄光をヨロケ坂の上の女に報告したくなった。あの頃の航太郎は飢えた犬のようにヨロケ坂の小路に踏み入った。30を少しばかり超えたぐらいの女であったが、航太郎の眼は女の体にだけ注がれていた。

　まだ、そこに住んでいるかどうかもわからない。叔父は勤めていた商社を退職し、あのヨロケ坂の上の家はもう無い。今日は、あの女の体が目的じゃない。この晴れ姿を見せてやりたいと思っただけだ。女が好きだというワインを思い出して買って、そこに行ってみた。

　女との合図に使っていた小さなステンドクラスのランプに灯りが灯っていた。灯りがついているときはOKの印だ。

　あれから数年経っている。まさかあの女が未だに航太郎を待っているとは思えなかった。引き返そうかとも思ったが、体が勝手にドアを開けていた。

　出てきた女の老けた様子が玄関ポーチの薄暗い灯りの下でもはっきり見えた。

　女は航太郎と認めると「アッ」と言って手で顔を隠した。女の前歯が１本欠けていて、それを隠したのだ。
「あら嫌だわ！　どうしましょう」

女は顔を手で半分隠しながら言った。

　その顔は亡くなる前の母の顔を思い出させた。

　航太郎の母は彼が10歳の時、結核で亡くなった。その病の性質上母にはろくに会わせてもらえず、病院に会いに行くとこの女のように戸惑いと喜びを表した。

　航太郎は医者としての習性で、思わず、

「大丈夫ですか？」と優しく言った。

　時の流れは残酷なまでに二人の立場の違いを照らしだした。

　航太郎は立身出世の門出に立ち、女は前歯をなくし老醜の域に入ろうとしていた。

　女は航太郎の持ってきたワインの脇に２個のグラスを置き、身支度を整えに姿を消した。

　直ぐに其処を辞することも出来たのに、航太郎はソファーから立たなかった。

　白塗りの顔に赤く引いた口紅の妖しげな姿を見た時、航太郎は、すぐにそこを辞さなかったことを後悔した。今の航太郎は飢えた犬のように肉欲に誘われて其処に座っているのではない。

　だがそこを立てなかった自分を惨めに思った。叔父の浩介の諫める言葉が身に染みた。

　女は翌朝まで航太郎を離さなかった。

　航太郎は目眩がするほど、自分自身に嫌悪した。女が追いかけてきそうで振り返って見ると、瀟洒に見えた小さな洋館も荒れ果てていて、ここまで来た自分がやるせない思いだった。

小路からヨロケ坂に出ると海面に反映する朝陽が航太郎を洗い流すかのようで、航太郎はヨロケ坂の真ん中で海に向かって両手を挙げて、その光を浴びた。

　その時、自転車のベルが鳴るのを聞いて振り返った。白いセーラー服を着た女学生が自転車でスピードをつけてヨロケ坂を下ってくるところだった。朝日を全身に浴びて自転車で走って来る達子は、まるで黄金の翼に乗って舞い降りて来る天使のように見えた。

　いつもの航太郎なら俊敏にその自転車を避けられただろうが、不覚にもぶつかってしまった。

　それが達子との出会いだった。

　達子が読むかもしれない。航太郎は、中村からの手紙をざっと読んでから細かくちぎって屑カゴに捨てた。
「お手紙はなんでしたの？」

　達子は帰り支度を始めながら襖を開けた。怒りの矛先は達子に向かった。達子を抱き寄せセーターの下から手を入れて乳房を鷲掴みにした。

　航太郎の手を押し返すような弾力があった。

　時の流れは恐ろしいほど女の体を変えた。だが達子の体をこれほどまでに開花させたのは時の流ればかりではなく、後に、美和の妹、絹の夫となる呉服屋「亀屋」の三男坊、弥三郎だった。
「女中の巻が帰ってきますわ」

　達子の侮蔑するような冷たい声がさらに航太郎を煽り立たせた。航太郎は畳の上に達子を押し倒すと思いを遂

げた。だが、それは何の慰めにもならなかった。達子は冷たい視線を残して帰っていった。

　次の日の、神社での結婚式には誰も現れなかった。航太郎が昨夜破り捨てた中村からの手紙が和紙の上に丁寧に貼り付けられて式台に置いてあった。

　そこには、

「自分を律することのできない者に、国を律する仕事はできない」と黒々と筆太な字で書かれてあった。

　達子の父は海軍省の役人だった。

亡国の
聖女の罪と罰
第 三 部

神の思し召しがありましたら、
きっともう一度お会いできることでございましょう。

第三部

3・1　リビアで

　もしこの世に神さまがいらっしゃるならば神様はたいそう遊び好きの方と御見受けいたします。

　神様はこの遊びを何と名づけられていらっしゃるのか分かりませんが、この地球を大きな麻雀卓に仕立ててジャラジャラと牌のように世界中の人々をその大きな御手でかき混ぜて、「ロン」「ツモ」などと言いながら麻雀をなさっていらっしゃるのでしょうか。

　いえいえ、この遊びを始めたのは人間です。小さな欲望や虚栄心が争いを生み、人間の驕りがこの世界中の人々を思いもよらぬ世界大戦という混乱に巻き込んだのです。

　アレキサンダー大王の世代からローマ帝国、蒙古軍、オスマン帝そしてナポレオンなどの世界征服の企み。

　その偉大なナポレオンさえもできなかったロシアを驚くことに木と紙でできた家に住み、粗末な食事をとり猿のような日本人が打ち破り、七つの海を支配して来たイギリスも支配できなかった清国を打ち破ったのですから、彼らヨーロッパ人は日本人を畏敬の目で見始めたのでした。

　ヒットラーは日本軍の一糸乱れぬ動きに敬意を示したのです。特に幕末、江戸幕府に命を捧げた少年白虎隊にはいたく感涙したそうです。

日独伊防共協定のマージャン卓に加わることができたのは、そのような経緯からでした。ですが一度はじめられたプレーはもう麻雀牌をかき交ぜている人たちもその結果を知ることはできないのです。

　美和と航太郎二人の運命は過酷でした。自業自得とはいえ航太郎は許嫁の達子を失い、立身出世の機会さえも失ったのでした。

　美和を待っていたのはリビアのトリポリでの結婚式でした。

　ルイジ・ウェルバーはリビアにイタリア総督府の書記官として、二日後にはジェノバ港から一人で出港する予定でした。ルイジは美和を連れ込んだ安宿、Labirint「迷宮」で朦朧とした美和を抱きながら、リビアに同行を何気なく問うたところ意外にもあっさりと承諾したので驚いたと言います。

　美和は航太郎に、
「お前のような穢れた女には二度と日本の土を踏ませない」と、公衆の面前で娼婦と罵られたことに驚愕し茫然自失しておりました。

　この世から消えてしまいたいとさえ思えていた美和には、リビアは自分の身を消すのに最適の土地だと思えたのでした。

　ジェノバの港から連れ出すにはパスポートが必要でした。領事館や大使館など渡り歩いていたルイジには美和のパスポートをつくるぐらい簡単な事でした。美和が日本から携帯してきたパスポートには漢字とともにMIWA

と記されていました。

　美和は名前を言わされてMIWAと答えました。それがルイジにはミーヤと聞こえ彼女のパスポートの名前はMIIYA EVA WERBARとミドルネームまでつけられたのです。

　美和はそれでいいと思いました。父・聡一郎がいないこの世には碧小路美和という女は、いないも同然になったのです。

　航太郎がイタリア北西のリグリア海から日本に向かった三日後、美和はルイジ・ウェルバーに連れられて、同じジェノバ港から出港したのでした。

　美和たちは航太郎の船を追うように、リグリア海を南下、地中海のトリポリへと向かいました。海上は穏やかで、一等船室の丸窓からは漁船が水すましのように走り回るのが見えました。

　ルイジに促されて一等デッキに出てみると、彼は船長や船員、それに一等船客のほとんどと顔見知りで、屈託なく美和を誰彼となく紹介した。

　彼らは彼に同行する美和を値踏みするかのように、深くかぶった帽子の中の美和の顔を見ようとしました。まだその時美和は彼が女衒で彼の客に紹介しているのだと思い、とっさに海に飛び込もうと思いました。

　が、平家物語の中で、壇ノ浦に入水した平家の姫君や女官達が源氏の武者に長い髪を絡め捕られて、引き上げられて辱めを受けうらぶれていく女達の話がいくつも思い出されました。

その上このリグリア海に飛び込んでも、海底の砂粒が見えるほど透明な海では直ぐに引き上げられて、さらなる恥を晒すだけと遠ざかるジェノバ港を眺めるのでした。

　あれは何年前のことだったのでしょうか。二か月近くの長い航海を終えて日本からジェノバ港に着いたのは？

　あの時の美和はまだ洋行の意味を分かっていなかった。碧村から東京の音楽学校に転入した時のように、いつも父・聡一郎が見守ってくれるのだと思っていた。東京でのレストランで、別れ際の父の喪失感を見た間に、やっと事の重大さに気付いた。

　もう甘えることもできない。馬の轡を並べて走ることもできない。父のマントに包まることもできない。だが留学をやめると言い出す時機を疾うに逸していた。

　航海中、バッツオリーニに毎日、初見で一曲暗唱させられた。アリア、リード等イタリア、ドイツの歌曲を暗唱した後はデッキで歌わされた。
「気の流れを感じるのだ。劇場は１つ１つ違っている。客層も違う。海原を大劇場と見立て、隅から隅まで声を行き渡せるのだ」

　美和を取り巻く船の客は、軍人や商人に混じって南方諸島に移住者する日本人達がいた。
「あの日本人の方々はどうしていらっしゃるのでしょうか」

　美和は自分の今の立場を忘れて、彼らが平穏でありますようにと願うのでした。

　その内すれ違う豪華な客船のデッキから、若い女の嬌声とともに楽団のにぎやかなジャズやチャールストンが

聞こえて来て、もうオペラの時代は終わったかのようでした。

　地中海に入ると軍艦や客船が頻繁に行きかうようになりました。

　美和は想うわけでもなく航太郎はまだ地中海を航海しているのだろうと思うと、急に慕（した）わしく思え、海上にその姿を探すがごとく目をやると、商船を守る護衛艦なのでしょうか、海軍の練習船なのでしょうか、日本の国旗・旭日旗（きょくじつき）を翻（ひるがえ）す船を見付けました。

　甲板の上の水兵の姿が確認できるほど近づくと、航太郎の姿がその甲板にあるはずもないのに、

「穢（けが）れた体で二度と日本の土を踏むではない」といって航太郎が美和たちの船に乗り込んで来そうで、美和は震えあがってまた船室に閉じこもったのでした。

　ルイジは美和の結婚式を挙げたいという言葉を利用して、美和を現地妻として連れ出したのです。リビアとイタリアは歴史的に長い関係がありましたから、砂漠のあちらこちらにイタリア風の円形劇場や教会などもあったのです。

　結婚式はリビアの廃墟となった教会で夜に取り行われました。

　花と蝋燭で飾り立てられ祭壇の前まで赤い絨毯が敷かれておりまして、美和は父親代理の練兵隊長とともに祭壇の前に立ちました。

この偽りの闇に浮かぶ幻想的な結婚式に立ち会った兵士達は、リビアでの退屈な任務と、それに相反するいつ来るともしれぬ敵の襲来との背中合わせで生活しておりましたので、皆そのこと（偽りの結婚式であるということ）も承知で異国から来た美しい女を存分に眺めるイベントに参加したのでした。総督府の職員をはじめイタリア軍兵士、政策によってイタリアから移民してきた貧しげな人々、そして荒野の闇夜には獣たちの目が光っておりました。

　無事に結婚の宣誓式も終わって署名をすることになりました。

　牧師は形式張って、

「まず新郎から」と言いルイジが恭しく署名いたしました。

「続いて、新婦さん」と美和は牧師に言われて、パスポートに書かれた自分の名前、MIIYA EVA WERBARと署名いたしました。

「これでめでたく結婚式は済みました」と牧師が言うと列席者が口々に、

「おめでとう。ミイヤ」と、言いました。

　そこで美和は、ハッと気づきました。これは偽の結婚式なのだ。なんと愚かなこと。オペラ『蝶々夫人』の結婚式と同じではないか。オペラの中のまだ15歳の蝶々さんは、

「おめでとうマダム バタフライ」と声をかけられ、

「いいえ、私はF.B.ピンカートン夫人よ」と健気にも列席者に訂正させるのでした。涙があふれた。しかし乾いた大地は美和の涙をあっという間に消し去った。崩れ落

ちた天井を見上げると満天の星空に吸い上げられそうで、よろめいてウェルバーの腕にすがった。闇の奥には無数の獣の目。列席者は口々に「おめでとう、ミイヤ」というより早くテーブルのほうに走り出していた。

　しかし美和は「ミイヤ」と呼ばれてもウェルバー夫人と訂正させる気力はありませんでした。

　式が終わると同時にルイジはすぐ白いベールを剥ぎ取り、裾（すそ）まである長い真っ黒なブブカを被せました。参列者はそれには見向きもせずに、用意された羊の丸焼きやチーズやワインに群がったのです。美和はルイジだけの黒いブブカを被った抱き人形になったのでした。

　長いトルコの支配下にあったリビアは沢山のモスクもありました。朝夕のコーランへの祈りの呼びかけがイタリア総督館にも風に乗って、ある時は西からある時は東から聞こえるのでした。

　美和たちの住居となった建物は、総督館からほどない距離にありましたのでまわりにはイタリア人、トルコ人、リビア人その他もろもろの国籍の者が、青と白のタイルで色取りされた大きな建物の周りを取り囲んでいました。

　ルイジのようなイタリア政府高官や貿易商などが住んでおり、表玄関からは彼らが出入りしておりました。

　美和たちの入居した部屋は裏門近くにありましたから、ブブカをかぶった土地の女たちが洗濯や掃除などに賑やかに出入りするのが見えました。女達は門兵と軽口を交わし、夕方になるといずれかに帰って行くのでした。

　それと入れ替えに夕方になるとブブカをしっかりと着

込んだ女達が数人ずつのグループになって密やかに入って行くのでした。彼女たちが通った後には様々な強い香料が漂いました。女達が入ってくるのは分かるのですが、出ていくのを見たことがありませんでした。

　しかし、美和にはそれを気に掛ける余裕はありませんでした。一時、イタリア軍はエジプトにまで進撃しましたが敗退。政局は悪化するばかりで銃声や人の悲鳴や叫び声がコーランに交じって聞こえて来まして、それはそれは恐ろしい日々でした。

　ルイジは外に出る機会も多いので銃殺された死体や車の残骸など見る機会も多く、美和を抱くだけが唯一の慰めでした。美和の体のすべてが優しげで抱きしめれば抱きしめるほど彼は静かな陶酔の世界に入ることができたのです。

　美和は誰も知らないこの石と砂地の砂漠の地で一人震えておりました。黒いブブカは美和を知らないものから護る唯一の手段でした。繭玉の中の蚕のように黒いブブカの中で、汚辱にまみれた全ての過去を吐き出すかのように、黒い糸を吐きながら丸まっていたのでした。

　ジェノバで丸山航太郎によって暴き出された美和の父・聡一郎の秘密。父に一番愛されていると思い上がっていた自分。また父・聡一郎以上に彼を愛し守ろうとして自ら命を絶った健気なイタリア女性・チュチュ。

　フランコを愛しもせず愛されもせず、ずるずると流産するまで関係を続けた自分。航太郎に愛されていると思い彼の胸に飛び込んだ自分。蚕が糸を吐くように美和は黒いブブカの中で黒い怨念の糸を吐き続けたのです。

もちろんリビアでは現地の女でも自室にいる限りブブ
カは必要ありませんでした。しかし、美和もルイジもブ
ブカをいたく気に入っておりました。ルイジはベッドに
横たわる美和のブブカの裾をそっとめくり上げる時が一
番興奮する時だそうです。そうフランコが美和の胴衣の
リボンをするすると解く時のように。

　その平安をかき乱したのはまたもや美和の懐妊です。
ルイジは平静さを装っておりましが、ジェノバで見た光
景が蘇ってくるのでした。
　美和の手首を砕けんばかりに握っていた航太郎のあの
精悍な体と苦悩に満ちた顔。美和の手首から外して叩き
つけた銀時計。あれは何を意味していたのか。娼婦とは
何だったのか。
　美和の腹の子は誰の子なのか。ルイジにも美和にもわ
かりませんでした。時期からして、航太郎の子かルイジ
の子か。あるいは恐ろしいことに中村中尉の可能性もあ
ると思い当たると、またしても深い奈落に突き落とされ
るのでした。ブブカの中で怖れおののきルイジにつき貫
かれるたびに魂が消えるようでした。
　しかし前にも述べたようにルイジが取り行った結婚式
は偽りのものであり、現地に置いていくつもりでしたか
ら、ルイジは子供の出自にはあまり関心を抱いておりま
せんでした。
　それなのに美和は小さな嘘をつきました。現地の助産
師に最後の月のものを尋ねられた時に2週間ずらしたの

です。結婚式前に懐妊したと思われたくなかったのです。小心で生まじめな美和の小さな嘘でした。このことはまたしても美和の命を脅かすことになったのでした。臨月前に出産の兆候があったのですが、偽りの予定日がそれを見逃すことになったのです。

　産婆が駆け付けた時は美和も腹の子も危険な状態にありました。美和は直ちに病院に搬送され、繭玉を切り裂くように帝王切開でマリオを生んだのです。こうして誰の子かも確認できない男の子を産んだのです。

　しかし、美和は赤ん坊の顔を見る気力もないほどに心身ともに衰弱が激しく風土病ともいえる現地の病に罹りました。現地の人にとっては何ともない病でしたが、免疫の全くない美和は半年以上も入院していたのです。

　前に述べたようにルイジは誰の子であるかには関心ありませんでした。しかし美和の腹を割って生まれた子が、あのジェノバで美和を苦しめていた航太郎の子かもしれないと思うと、一滴なりとも美和の乳を吸わせるものか、飲ませてなるものかと即座に乳母に預けたまま、一度も抱くことがありませんでした。マリオと名付けられた子は一滴の美和の乳を吸うこともなく、乳母の手に預けられたのです。

　イタリアはリビアを統治したという形を一応とりましたが長い間トルコの統治下にあり、英国、フランスも触手を伸ばしておりましたので、リビア政府がいつ転覆されるかわからない危機的状況にありました。ですからルイジの本妻や子供もリビアに同行することを拒否したのです。

美和の腹を割って生まれた男の子のお尻には東洋人独特の蒙古斑がなく、その時点では日本人の航太郎の子である可能性はかなり低くなっておりました。

　ルイジは乳母に預けたまま時々マリオの顔を眺めに行っては、自分との相違、類似をさりげなく探しておりました。美和は時折、乳母がマリオを抱いて顔を見せにくる時以外は、マリオの顔を見ることさえありませんでした。

　ブブカと呼ばれる黒いベールを頭から被せられて、美和はリビアを始め中近東を、外交官としてまた書記官としてまたある時は諜報員として各地を巡るルイジに同行いたしました。ルイジは彼の腕の中で丸くなって抱かれるこの愛らしい人形が彼の分身となっていくことに気づきました。

　美和はアラビア語をいつの間にか完璧にマスターして、イタリア語をはじめフランス語、ドイツ語そして英語も日常会話ぐらいなら操ることができるようになっておりました。

　外交の舞台にもそっと連れ回されました。彼女の神秘的な瞳と愛らしい顔立ちに、心を許した他国の外交官などから秘密の情報を得ることができ、イタリア軍を危機から救うこともあるほどでした。

　4、5年たったころには美和はルイジにとってなくてはならないパートナーになっておりました。しかしマリオは乳母の手から乳母の手へと、任地が変わるたびに乳母も変わりルイジ達と生活を共にすることはほとんどありませんでした。

3・2　神の思し召し

　そうです1918年に第一次世界大戦が終結してからわず
か20年で第二次世界大戦が始まったのです。
　美和はこの時の狭間に嵌り込んでいたのです。美和が
イタリアに留学した1920年代はムッソリーニの産業再復
興（rinasciment）に沸き上がり一時的ではありましたが
それなりの経済効果と国民の意思の統一がありました。
　国民はムッソリーニの独裁を許したのです。というよ
りは期待をかけたのです。それに刺激されたのはドイツ
のヒットラーでした。いくらヒットラーが強大な力を持っ
ていたとしても、あれだけの惨劇を一人ですることはで
きません。
　それを許したのはドイツばかりでなく周りの諸国も手
を貸していたのです。ロシアから始まった「すべての財
産を共有し貧富の差のない社会を実現する」という共産
主義は野火のように世界中に広がって行きました。
　日独伊に敵対する連合軍の帝国主義者、資本主義者た
ちは自分の富と権力を危うくする共産主義に震えあがり、
敵方であるはずの日独伊の防共協定を秘かに後押しして
いたのでした。ドイツがポーランドに侵攻しても英仏は
ドイツと和平交渉を行っており、ドイツの東進撃を許し
ておりました。

　嵐の前の静けさとでも言うのでしょうか。束の間の平
和を謳歌していたのでした。小さな戦は世界のそhere this

で起こっておりました。第二次世界大戦に発展するまではそのような時も平和に思えたのでした。

　欲望、自分だけは、自分の家族にだけは、自分の国だけは何としてでも守りたい。欲望の塊の植民地を獲得したい、豊かな生活をしたい。そのような欲望を吸い上げたのは独裁者ムッソリーニだったのです。

　美和が最後にムッソリーニに会ったのはルイジ・ウェルバーが日本に外交官として着任する直前のことでした。まだその頃のムッソリーニには勢いがありました。

　招待客は千人を上回っていたでしょうか。ローマにあってヴェネチアン宮殿と呼ばれる広間は招待客でごった返していました。宮殿の外では群衆が四方八方から集まってきていた。遠方の熱烈な支援者は列車を乗り継いでローマのテルミニ駅から、ヴァチカンの方面からはテレーヴェ川を越えて息を切らせ群衆が広大なヴェネチア広場を埋め尽くし押し合い圧し合いしていた。ベネチア広場を挟んで、エマヌエーレ2世の大理石の堂々とした騎馬像が立っておりましたが、群衆の目は一様にレンガ造りのヴェネチア宮殿の小さなバルコニーを見つめておりました。

　ムッソリーニは広場で待ちわびて、地響きのように「il doce」統帥と叫ぶ群衆の歓呼の声に応じるために広間から大理石の回路を通ってバルコニーに出ようとしておりました。この宮殿は政権が変わるたび所有者も変わった。回廊から見える中庭は彼の政権の不安定さを表して

いるかのように噴水も植栽も心なしか荒れて見えた。

　美和は人いきれを逃れてバルコニーに佇んでおりました。取り巻きを連れて通りかかったムッソリーニは彼女に目をとめた。

　美和は、小さなトーク帽子に黒い胸までの網のベールをつけ、黄金色に輝く胸の大きく開いた煉り絹のローブデコを身に纏いておりました。

　美和の姿はムッソリーニの目を引き、美和に近づき手を取り手の甲にキスをしてこのように尋ねました。

「このように美しい御婦人に初めてお会いしました。もう一度お会いしたいものです」

　ムッソリーニは横浜港で別れた時の美和の父・聡一郎と同じ年恰好で、体つきも似ておりましたので美和は眼を潤ませて、

「光栄なお言葉でございます。神の思し召しましがありましたら、きっともう一度お会いできることでございましょう」と、何気なく答えました。好色なムッソリーニは側近にすぐに訊きました。

「今のご婦人は誰だ」と、群衆の歓呼の声に急き立てられてバルコニーに向かいながら部下に尋ねた。

「ルイジ・ウェルバー夫人と名乗っておりますが愛人でございます。元オペラ歌手でルイジの愛人になってからアフリカから中近東を10年近く同行しております。語学が堪能でウェルバー以上の働きをしております。怪しいところはございません」

「そうか、愛人なら明日の夜ここに呼べないか？」

「残念ながら明日、日本に向かって出航いたします。ですが、あのご婦人はこう述べていらっしゃいます。『神の思し召しがありましたら、きっともう一度お会いできることでございましょう』閣下、神の思し召しを示すのです」

「どうやってだ？」

　ムッソリーニは尋ねました。

「ウェルバーの外交官としての日本での任期を半年に区切るのでございます。あのご婦人は半年後には神の思し召しにあずかるのでございます」

　ウェルバーは日本に着任後半年もたたないうちにイタリアに訳も分からず呼び戻されるはずでした。

　そして"il doce"統帥とムッソリーニに歓呼の手を上げていた群衆が数年後には彼に怒りの拳を突き上げることになるのでした。

3・3　時の狭間で

　私の叔母・美和が日本に帰って来たのは真珠湾攻撃の前で、イタリア外交官夫人としてやって来たのでした。

　碧猪村育ちの私・千塚子はまだ3、4だったのか5、6歳になっていたのか、とにかく初めて自動車なるものを目にしました。

　黒塗りの運転手つきの車から現れた美和は到底日本人には見えない出で立ちでした。紫のハイカラなスーツに大きな鳥の羽根のついた帽子をかぶり、帽子には黒い紗のベールが下げられてハイヒールをはいておりました。

　私は母の後ろに隠れて見ておりましたが、イタリア外交官ルイジ・ウェルバーの姿を見た時はまだ幼かったので泣き出してしまいました。彼はもう60歳を過ぎており、赤銅色に日焼けした髭面は仁王様のようでした。

　美和とルイジとの間の息子・マリオは10歳ぐらいで、少年らしさの残った顔は美和に似たきれいな子でした。まだ半ズボン姿でした。

　イタリアに留学してから20年近く一度も帰国をしなかった美和が外交官夫人として碧猪村にやって来たのです。

　美和の父・聡一郎が生きていたら何と言って喜んだでしょうか。御成門（大名が籠に乗ったまま出入りする門）の後ろにそっと隠れて待っていたでしょうか？　喜びのあまり死んでしまわないように。

　美和はどんな思いでその門をくぐったのでしょうか？　美和がオペラ歌手としての名声とともに帰国することを

待ち続けた父の聡一郎の立ち姿を美和は其処に感じたで
しょうか。

　美和たちは料理人とメイドたちを引き連れて御成門を
開けさせ、家具調度品や日本では手に入らない食料など
運び入れたのです。そして、畏れ多くも大名様や華族様
だけが宿泊できた上段の間に絨毯を敷きその上にソ
ファーなど置いたのです。
「私のダブルベッドはトラックに積みこめなかったのよ」
と言って美和は次の間に布団を引いて寝室とした。マリ
オは西の広間に机とベッドを置いてイタリア風に生活を
こしらえておりました。美和たちは料理人とメイドを引
き連れておりましたので、食事も本陣で料理人に作らせ
ておりました。
　母・芳と私は同じお堀の中ですが、住居とよばれる昔
から私たち一族が住まいとしていた屋敷に住んでおりま
した。

　細かい経緯はまだ幼い私にはわかりませんでしたが20
年ぶりに帰国した伯母は碧猪村に落ち着き、ルイジ・ウェ
ルバーは東京のイタリア大使館にそれぞれ分かれて住む
ことになりました。
　時々日光の中禅寺湖湖畔にあるイタリア大使館の別荘
に滞在したり、京都や九州などにも連れだって出かけた
りしていたようでした。

美和たちが碧猪村に来て、1939年９月ドイツがポーランドに侵攻して、幸いイタリアは「局外中立」宣言をして戦争への突入は免れました。英仏は直ちにドイツに宣戦を布告。

　一時、枢軸国の日独伊対英仏連合軍の対決になるかと緊張が走りましたが、年が明けて40年になってもだらだらと交渉は続いておりました。

　驚いたことにドイツは英仏と和平交渉をしておりました。イタリアも英国との和平交渉を行っておりました。

　緊張の上のつかの間の平和というのでしょうか、慣れというものでしょうか？　緊張も長く続くとそれが平常となるのでしょうか。

　年が明けて春になり汗ばむ季節になったある日、美和伯母さんが、いつものようにルイジ・ウェルバーとの逢瀬に東京に出かけて、帰って来た時のことです。

　何があったのでしょうか。その一週間でムッソリーニも魅了したあの美しい顔は一変していました。次の話は伯母・美和が私たちに後に語ったことです。

　もうその頃は、不要不急の旅行は認められず美和のような若い女が二等車に座ることさえ不審視され身の縮む思いをしたそうです。

　東京駅で迎えに来ている筈のウェルバーを探しましたが、見つかりませんでした。

　間の悪いことに列車から降りる際に、質の悪い石炭の煤が目に入りましたので、ひとまず足元にスーツケース

を置いて、ハンドバックからハンカチを取り出して、ハンドバッグをスーツケースの上に置いて涙を拭いておりますと、三等車両から団体客の列が日の丸の旗をそれぞれ掲げ、のろのろと丸の内中央口を抜け出て行くのが見えました。

　それでもウェルバーは現れず、団体客が行幸通りを皇居方面に出て行くのを見送っておりました。そこでバッグとスーツケースを盗られたのでした。

　そのはずみで右肘と右のすねを擦りむいてハイヒールの踵も取れました。巡査に、自分はイタリア大使館に用があって上京したのだが、ハンドバッグごと金も盗まれたので大使館に連れて行って欲しいと頼んで案内してもらった。

　鬱蒼とした広大な庭園に囲まれたイタリア大使館の門番に、

「私はウェルバーの妻です。取り次ぎをして下さい」と言うと、急に横暴な態度になって、

「ウェルバー様には奥様はいねえ。今はドイツがポーランドに侵攻して大変な時だ。いろいろな人種がここに助けを求めて駆け込んでくる。そんな与太話（でたらめな話）に付き合っている暇はねえ」と言って門を閉じてしまった。

　巡査は態度を一変させて美和を警察署に連行して尋問を始めた。

　しかし、美和は何も答えなかった。身元を照会されて碧猪村にこのような恥辱を知られたくなかったからでした。彼らは美和を裸にして髪の毛の中まで調べるだろ

146

う。美和の下着から帽子にいたるまで全てイタリア製であった。イタリア語も英語も区別のつかない取調官にアメリカの情報員ではないかと疑われるだろう。身分詐称、所持金なしの放浪罪、諜報活動等々、彼らは難なく罪をでっち上げるでしょう。急速に事を運ばないと、と美和は思いました。

　美和の手に東京の駅頭で目頭を拭いた古びたハンカチだけが取り残されていた。花の刺繍のついた真っ白い麻のハンカチは使い古されて練絹のようにしなやかな黄みを帯びた光沢放っていた。

　それが美和に残された最後の砦であった。

（どうして今頃私の手の中にあるの。ミレーヌとスイスで夏休みを過ごしたときに買ったものだわ。落ち着くのよ。こういう時下手に出てはいけないのよ。官史というものは上には諂うが下にはどこまでも猛々しくなるのだから。この位の危機は抜けてみせるわ。いくつもの国で切り抜けてきたのだから）

「イタリア大使館に電話をかけなさい。私は日独伊防共協定のイタリア政府から密命を帯びて来たのです。このようなことはいろいろな人種が集まっている場所で門番にも話せなかった。密偵が紛れ込んでいるかもしれないのだ。いいですか。イタリア大使に直々に電話をかけなさい。それ以外の者には話すことができません」

　それでも取調官が疑っていた。

　美和はイタリア語ですぐに電話をしないとどのような目に逢うかわからないと叫び、それを日本語で言い直した。

「同盟国イタリアの使者をこのような扱いにすれば国際問題になるのは明らかです。今ならあなたの落ち度にならないように取りはかりましょう。取り返しのつかなくなる前に署長立ち会いのもとでイタリア大使館に電話を繋げなさい。一刻の猶予もなりません」と今度は威厳に満ちた低い声で言った。

　何度かイタリア大使館の事務官や秘書官の電話の取り次ぎがあったが美和はすべてイタリア語で通した。

　最後に大使が出た。挨拶も無しに今までの経過を述べ、ともかく大使館の職員を迎えに来させてほしいと頼んだ。署長はイタリア語を理解しないので大使館員達の車が到着するまで美和の話を疑っていた。

　とにかく大使館で分かったことは、ウェルバーはすでに日本を出国した後であるということ。

　美和はウェルバーが美和たちを残して一人帰国したことを信じられなかった。何かの間違いにちがいない。秘密の任務を命じられたのかもしれない。

「神の思し召しが有りますならば、もう一度きっとお会いすることができることでございましょう」

　美和が日本に発つ前に放った一言を捉えてムッソリーニがウェルバーの任期を半年に区切ったのでした。ウェルバーが戻れば愛人である美和もイタリアに戻るだろうと考えて。

　しかしムッソリーニは内外の難問に忙殺されていて、そのような命令を出したことなど忘れていて、書き残された命令書が２年たって実行されたのでした。

3・4　特高と褌（ふんどし）

　ウェルバーは外交官として日本に来ているのだから何処かで秘密の交渉をしているのかもしれない。門司港に行った時だった。

　『日本は巨大な戦艦を作っているようだが、アメリカは原油を禁輸するだろう』と呟（つぶや）いたのだ。

　大使を待つ間に、美和は在日イタリア大使館の日本式庭園を巡りながら、門番は「ウェルバー様は帰国した」と言ったが彼は何も知らされていないだけなのだと思って落ち着きを取り戻した。

　大使館の応接間のソファーに座ると故郷に帰って来たような安堵感を覚えた。カーテンの隙間の暗闇が先ほどまでの取調室での尋問を思い出させた。日本はどこか居心地悪かった。

　そこへ背の高い男が入ってきた。美和は立ち上がって、「このたびは留置場から助け出していただきましてありがとうございます。大使閣下」と丁寧に言葉をかけたが、その男が大使でないことに気付いた。

「私はペトロ・カリアッチです」と美和を抱きしめるとソファーに崩れるように座った。

「お気付きでしょうか？　ドイツのポーランド侵攻後、イタリアと英仏の情勢を心配して問い合わせの電信や出国ビザを求める人が引きも切らずに訪れてくるのです。幸い、イタリアが『局外中立』を表明して英仏の連合軍と対戦せずに済んでいるのですが、英仏もドイツに開戦

宣言をしながら、ドイツとなにやら和平交渉をしている
ようで、未だに宙ぶらりんの状態です。私共もドイツの
ポーランド侵攻後、ヨーロッパの不穏な動きを警戒して
おりましたから、年老いた職員２名と妻と娘を帰国させ
る準備をしておりました。そこへウェルバー氏の帰国命
令書がイタリア本国から届いたのです。上海にイタリア
船籍の船が入港すると聞いて、彼は取る物も取り敢えず、
私たちの妻子達と神戸港から出航したのです。出国の知
らせの電報を貴女に打ちましたが、電報が碧猪村に着く
頃には、彼は私の娘たちと神戸に向かっていました」

　美和は言葉を失った。燈火管制のためか、部厚いカー
テンが閉められており、少し開いた隙間から先ほど美和
が歩いた暗くて深い日本庭園が見えた。その闇の奥に小
さな光が閃いているのが見えた。蝋燭の火のような頼り
ない揺らぎ方をしている。

　先ほど気にもかけず通り過ぎたが庭の一角に小さな祠
があるのを思い出した。

　崩れかけたその祠にだれかが願いをかけて火をともし
たのでしょうか。と、美和が思った時その灯りはふと消
えた。

　イタリア語で話をし、靴のまま部屋を歩き回っても、
ここは日本の中のイタリアという舞台なのだ。

　日本の公権の力が及ばない治外法権という敷地・建物
の中であるが、これはオペラの舞台のような作りものな
のだ。幕が下ろされると一瞬で背景が変わるように、す
べてが一変するのだ。

「今日、日本の外務省に行って来ました。娘達の乗船した船、コスタ・フェリーチェに護衛艦をつけるよう依頼に行って来たのです。が、却って敵船との交戦に巻き込まれる恐れがあるのでそれはできないとのことでした。分かっていたのですが、何かに縋（すが）り付きたかったのです。頼みは日本の制海権が東シナ海からイタリアまで及ぶことを願うほかはないのです。もうわれわれ外交官や政治家の手の及ばない範疇に入ってしまいました」

　痩身で白髪のペトロ・カリアッチの声は震えていた。
「お気持ちお察しいたします」

　庇護を求めてきた美和がペトロの背をやさしく撫でていた。

　思っているよりイタリアは差し迫った危険な局面にあることが分かった。

　イタリアは直ちに『局外中立宣言』をしていたので当分の間英仏との戦闘を避けられるであろうが、イタリアが連合国と開戦となればイタリアと上海間の定期就航船は勿論なくなる。

　今回、ウェルバー達の乗船した船が無事イタリアに入港できても、今ここに残っているイタリアの大使館の職員や留学生、商社マンの帰国の手段がなくなる可能性が大きいのです。
「ウェルバー夫人、一人でも多くの同胞を無事に帰国さるさせるために、どうか力を貸して下さい。貴女のようにきちんと通訳できるものが今はいないのです」

　オペラを通してイタリア語、ドイツ語を覚えフランス

語、英語も操れる。リビアの荒野と砂漠の中で屈辱にまみれながら、朝夕聞こえるコーランと女たちの屈託のないおしゃべりの中で美和は習い性のようにアラビア語を習得した。

その結果聞きたくも無いウェルバーの醜聞も耳にした。

マヌエラの悲惨な最期を耳にしたのは美和がマリオを生んで２年後のリビアであった。その話には美和も加担していたかも知れなかった。

美和が洗濯女たちの会話からリビア人たちの総督館襲撃を知ってしまった時は、半信半疑ながらウェルバーに伝えた。

リビア人たちの襲撃は失敗し、ウェルバーと関係があったマヌエラが内通したのではないかと疑われた。マヌエラとスムソンの恋はこのような結末になる運命だったのかもしれない。マヌエラはキリスト教徒、スムソンはイスラム教徒。

イタリアで実った恋はスムソンの怪我により帰国を余儀なくさせられ、リビアの不安定な国情が二人の家の関係も悪化させ、マヌエラは娘を抱え一人生きていくほか手立てがなかった。

疑心暗鬼になった総督館襲撃の犠牲者の家族の恨みを買ったマヌエラは、石打の刑とも思える残酷なリンチにあって娘一人を残して死を迎えたのです。

ですから、美和はできるならば政治的な事には関係しないようにしておりました。

しかしこへ庇護を求めてくる人々は、イタリア人のみ

ならず、トルコ系リビア人、ユダヤ人、雑多な人々が縋^{すが}るように訪れてくるのでした。

大使館も領事館も最小限の人間で仕事をこなしておりました。美和はどうしてもと乞われて、それまで滞っていた書類の山の整理と帰国ビザを求める人の対応にあたることにしました。

夜はウェルバーの使っていた官舎で休みました。官舎のウェルバーの部屋には目につくものといえば碧猪村に運べなかったダブルベッドぐらいだった。

ウェルバーが一人で休んだベッドに今度は美和が一人寝をした。彼の使っていた枕からはいつものスパイシーな石鹸の匂いがした。

約束の一週間、ペトロと事務官や美和は仕事に追われる振りをしながら打電を待っていた。そしてそれが来るのを恐れていた。

美和は夫・ウェルバーの安否を、大使代理ペトロは夫人と娘と同行させた職員の安否を。

「船が襲撃された」との打電がないことを祈りながら、もう一方では「安全に航行中」という打電を待っていた。

美和は夫に遺棄されたのだろうかと疑いながら、それでもなおウェルバーの無事を祈っているのであるから、ペトロがどれほど夫人と娘の無事を祈っているのか推し量ると胸が潰れそうになった。

約束の最後の夜、美和のための簡単なお別れのディナーがあった。大使館の仕事は出会いと別れの繰り返しであ

る。

　任期が終わるとそれぞれの新しい任地に赴かなければならないが、また会う機会が多々ある。しかし今回ばかりは、これが今生の別れになる可能性が大きいのである。

　そのような緊張の中で美和はこのような話をすべきではないと思いながら話し始めてしまった。

「カリアッチ様、それはウェルバーと二人で旅行中に特高につきまとわれた時のことで、横須賀港の見える丘でしたわ。海を眺めておりますと、突然ウェルバーが言いましたの。

『護衛だと言って特高がずっと付けて来ている。からかってやろう。キスをする振りをするのだ。できるだけ大げさに』

　ウェルバーは私の耳もとに口を寄せて来てキッスをする振りをしながら、

『あの特高は褌を締めているのかな？』と、真面目な顔で言いますのよ。私がくっくっと笑い出しそうになりますと、ウェルバーは私の口を塞ぐためにほんとにキスをしようとしましたの。その真剣な顔がおかしくて腹がよじれるくらいおかしくて、おかしくて、笑い出しそうな私の口を塞ぐためにさらに真剣に私を抑え込もうとしましたのよ。それがまた可笑しくて彼の腕の中で子馬のように暴れましたの。彼がとうとう私を草むらに押し倒して、特高の前で本当に熱いキスを交わしましたのよ」

　あれはウェルバーとの積年の蟠（わだかま）りが消える一瞬だった。美和はウェルバーのコートの中に包まってスパイシーな

154

石鹸の匂いと彼の体臭を犬のように嗅いだ。彼はいつものように背広の内ポケットに拳銃を忍ばせていたが。

「『くすぐったいじゃないか』と言ってウェルバーも笑い出しましたのよ。それから私達は時々特高が尾行している時もしていない時も、

『褌を絞めた特高がいるよ』と言って辺りかまわずキスをしましたのよ」と言いながら美和はいつの間にかクックッと泣いていた。

あれは数か月前の、まだ肌寒い日であった。やっと蟠（わだかま）りが解けて、若い恋人同士のように些細なことでも笑い合えるようになったと思った時に、彼との突然の別れ。

それは美和がムッソリーニに放った言葉。

「神の思し召しがありましたらもう一度きっとお会いできることでございましょう」に端を発していた。ウェルバーも帰国命令書を出したイタリア本国でも本来の意味を忘れていた。

美和は何か霞か雲の中にいる心地だった。カリアッチは涙で濡れた美和の瞼の上にキスをした。美和の瞼に彼の大粒の涙が落ち、カリアッチの乾いた唇に返礼のキスをした。

「奥さまとお嬢さまのご無事をお祈りします」等ととても言えなかった。言葉にすると最悪のことが起こりそうで怖かった。

オペラ『ワルキューレ』舞台の上で、美和の窮地を救ってくれた大恩人のトスティにたった一度のキスを許せなく、舞台の上で彼の唇を食いちぎってしまった。

だが、後を付けてくる特高の前で、ウェルバーが『いい女になったなア』と囁いたように今、美和は『いい女』になったのだろうか。

　大使館にはその夜遅く「イタリア、フランスに侵攻か？」という無線が入ってきた。そうなれば、上海とイタリアを結んでいる航路が停止になる。そして、今、日本に滞在している大使達の連合軍に対する、治外法権的な特権は一切なくなる。大使はそれを美和に伝えなかった。
　最後のディナーの席で日本残留の大使館員達は一言もコスタ・フェリーチェの話はしなかった。

3・5　初めての嫉妬

　イタリア大使館に宿泊した最初の夜、ウェルバーが使っていた部屋でシーツを整えていると枕から彼の匂いがしました。メイドが慌ててやってきて、
「申し訳ありません。大使様の奥さまや館員の帰国で慌ただしくしておりまして、今から掃除をしますから、部屋の外で少々お待ちください」と言った。
「今夜はもう遅いし、あの人の匂いに包まって寝たいわ」とメイドを返した。
　しかし、彼のヘヤートニックとスパイシーな石鹸の匂いと、何か異質な匂いを感じたが、疲れていたためかそのまま眠ってしまった。
　ウェルバーの部屋は何時もなら仕事柄きちんと整えられているのだが、閉じているはずのワードローブの扉が中途半端に開いていたり、引き出しからチグハグな色の靴下が覗いていたり、彼がいかに慌ただしく発ったかが窺えた。
　美和はその後の一週間、彼の残したパジャマやシャツ等を見ながら、着替えの様子などを想像しながら眠りに就きました。

　その約束の一週間は慌ただしく過ぎ、大使館員も領事館の職員も誰もが疲れきって目だけぎらぎらと物言いたげで、しかし仕事以外のことを一言でも話そうものなら、今にも大戦に突入しそうなイタリアの情勢に「ワー！」

と泣き出しそうで、押し寄せる帰国希望者に明日にも無効になるかもしれないビザを発給しておりました。

　とりあえず約束の一週間の仕事はすべて終えた。宿舎は森閑としていた。

　美和は朝早く部屋の掃除に取り掛かりました。枕を手にすると白いカバーの折り目から黒い髪が何本か滑り降りた。美和の髪よりも短く鋭く鋏を入れられた、そうおかっぱのような、部屋にシーツを取り替えに来たメイドの髪のような。
「まさか」と打ち消しながら、18、9歳の若い娘をウェルバーは抱いていたのだろうか？　出発の間際まで？　と美和は疑った。

　ウェルバーとの確執が溶けて子馬のようにはしゃぎ回った４０近くの美和をウェルバーはどのように見ていたのだろうか？

　美和は初めて「嫉妬」という言葉があることを知らされた。今まではウェルバーが他の女に愛を囁いていようが抱いていようが気にならなかった。そもそも美和の存在が不倫である。イタリア本土にはウェルバーの正妻がいるのだから。

　美和は使わせてもらっていたバスルームの掃除をしながらも、おかっぱ頭のメイドとウェルバーが絡み合う姿を想像せずにはいられなかった。

　バスルームの鏡に映った女が目に入った。一週間の激務と心労とで落ち窪んだ目、シミの浮かんだ顔、髪には白いものが交じっている。40女、美和もいつの間にか40

になろうとしておりました。若さを誇張する如く、枕カバーに残されたしゃきっとした髪。在日駐留のイタリア人の、生死を分けるかどうかのこの時に、たった数本の髪の毛に嫉妬の炎を燃やそうとしていることに、美和自身が呆然とするのでした。

　ルイジ・ウェルバーが美和を連れ回したのはただの密偵としての行動をカモフラージュするためだけだったのだろうか。いやいや、髪の毛１、２本、ベッドメーキングの時に落ちることもあるだろう。

　でもこれだけうろたえるとは！　打ち消そうとすればするほど、鏡に映る女の眉はさらに釣り上がり頬は痙攣《けいれん》し、もう再び溶けようもない疑いが美和を覆《おお》っていくのでした。

「あ！　御祖母さま」

　鏡に映った美和の顔は祖母・民子のあの時の表情と重なるのでした。

　それを見たのは何時だったのでしょうか。指の跡がはっきりと付く程に祖母に打たれた美和の頬。祖母のうろたえた顔。

「お前まで、そのようなことを言うのか？」

　何時も穏やかで淑やかな民子が別人のように激しい口調で言った。あれは祖母・民子の嫉妬に狂った顔だったのか。

　碧猪村での30年も前の封印されていた場面が今鮮明に蘇る。言われた美和はまだ10歳、何も理解できずに呆然としていた。お前までとは美和ともう一人、他の人が同

じことを言ったはずだ。それは誰のことなのか？

「お前までそのようなことを言うのか」とは何を言ったのであろうか。

美和自身、何が民子の不興を買ったのか全く理解できずにいた。突然ルイジに捨てられた今のように。何が起きたのか？　そこで時が止まったままであった。

イタリアが「連合軍と開戦」と、昨夜の正式打電があったことにも、館内の凍えるような静寂に気づく余裕もなく、美和は挨拶もそこそこに立ち去ったのでした。

私が東京から帰って来た美和伯母さんを見た時、人違いかと思うくらい容貌が変わっておりました。それまでなら鏝を当てて作られたカールが前髪を彩り、シニョンが項を優雅に見せていたのに、髪は無造作にまとめられており、何より驚いたのは紅さえ引いていなかったことでした。

伯母は留置場に入れられそうになったり、大使館での一週間の激務などで、容貌まで激変してしまっていたのです。

美和伯母さんが碧猪村に戻って間もなく、２通の手紙が届きました。

ウェルバーから碧小路美和あてに書かれた手紙でした。

両方ともイタリア語で書かれており、台湾での検閲のスタンプが押されておりました。美和は彼らが台湾までは無事に辿いたのだと冷めた目で読んだ。

２通とも美和宛で、Signorina Miwa Aokouji（Miss

Miwa Aokouji）とあり、その内の 1 通はミーヤ（MIIYA）が差出人で、誰が代筆したのか女文字であった。

　その手紙に書かれている内容は、ミーヤはウェルバーとともにあわただしく日本を発ったこと。美和に感謝の言葉を述べる時間がなかったことなどを甚だしく悔いていること。もう一度会えることを心より願っているとのこと。

　ウェルバーからも同じように、長い間メイドとして仕えてくれたミワに会って心から感謝したかったこと。

　妻・ミーヤはもう日本に戻ることはないだろう。しかし戦争の終結まで時間がかかりそうなので、私も戻れるかどうか分からない。美和さんは日本で無事に過ごせることを祈ると書かれていた。

　ミーヤ・エヴァ・ウェルバーという名はウェルバーがリビアに行く時、美和に付けた名前である。そのミーヤがミーヤ本人である美和に手紙を書くというのはどういうことなのであろうか。

　ウェルバーはミーヤという女を作り出し今回その存在を消し去ったのである。ウェルバーと10年余り同行していた女は完全に抹殺されたのでした。

3・6　招かれざる客

　日本軍がアメリカの真珠湾を攻撃してから、日本本土にアメリカ軍が爆弾を落として行くようになりました。
　その内に絹叔母さんが乳飲み子を連れてやって来ました。
「もう嫌になってしまうわ。防火水槽に少しでも氷が張っていると真夜中でもたたき起こされて、『たるんでおる、爆弾が落ちてきても氷が張っていては消火できないじゃないか』と叱られるのよ。今まで屑拾いをしていた男が、消防団長になって威張り散らすの。爆弾は雨あられと降ってくるのに、バケツリレーなんかじゃ消せないわ。でもそんなこと一言で言おうものならば『貴様は非国民だ』と罵られるのよ」
「でも、本家はまだ無事なのでしょう」
「無事だけど。弥三郎が徴兵されて、そこに居るのは辛いの。娘の八重子が泣く度に厭な顔をされるのよ」
　絹叔母さんはのべつ幕なし話し続けます。
「ここも、前みたいには行かないのよ。作男も女中も今はいないの。美和さんも野良仕事をしているのよ」と母の芳が諭すように言いますと、
「本家には長男の嫁もいるのだけれど、私を女中代りにこき使うのよ。この手を見て」とアカギレだらけの手を見せるのでした。
　戦況が悪化するにつれて赤狩り（共産党員）やスパイ狩りなどが行われまして、どこにも向かいようのない抑圧された怒りが、ねじれ捩れて澱のように抵抗のできな

162

い弱い立場にある女、子供に向かっていくのでした。も
ちろんそのようなことなど小学校にもまだ入っていなかっ
た私には分かる筈はなく、戦争が終わって美和伯母達が
イタリアに引き揚げてから、ポツリポツリと母・芳から
聞いた話をつなぎ合わせて書いております。

　イタリアと日本は軍事同盟国でしたが、イタリア人も
アメリカ人も区別のつかない者には、皆外人は鬼畜米英・
毛唐として敵視されるようになってきたのです。

　あらぬ疑いをかけられぬように美和は大使館から帰っ
てからは木綿の野良着になって「カルサン」と呼ばれる
野袴のようなものまで穿きました。

　マリオは一年ごとに大きくなるので運び込んだ衣類は
もう手が通せないほど小さくなってきたので、聡一郎の
残した着物やシャツなどを着るほかなかったのです。

　こうして広い屋敷に３姉妹はまた一緒に暮らすことに
なったのです。江戸時代には大名御一行様や高貴な方々
が宿泊する宿・本陣でしたから３家族が一緒に暮らして
も全く問題はなかったのです。

　３姉妹が碧猪村で再会した当初はぎくしゃくとしてお
りました。

　その理由の一つは、母・芳が父・聡一郎の死を美和に
電報で何度も知らせたのに何の返事もなかったこと。

　伯母の美和は帰国の船賃を送ってもらえなかったこと
でした。

　日本に戻って来た当初、美和はフランコのことも流産

のことも、母・芳にも話しておりませんでした。

　というより、美和伯母さんは電報で知らされた父・聡一郎の死さえ知らずにナポリで療養していたのです。

　ローマ字で打たれた聡一郎の死を知らせた怪しげな電信文は、むなしく半年近く美和の学生寮の部屋に置かれたままでした。

　3家族は思い思いに屋敷の一角で生活をしておりました。

　そのうち御成門をくぐってありがたくない客が来ました。

　それは今では県議会をはじめ重要な役職を親類縁者で独占している黒沼家の長男の嫁と巡査2名でした。

「お役目御苦労様でございます」と母の芳が申しますと、

「この大変なご時勢に碧小路家の皆さまは、のんびりなさっていらっしゃいますこと。私は県議会の議長職を務める夫になり替わりまして何かと忙しいのに、このような不便なお宅にまで足を運ばなければならないのです。途中の橋を架け直していただければ自家用車で来られますものを」と、この辺ではめったに見られない車を披露して近ごろの権勢を誇るつもりが、途中の橋が落ちても応急処理しかされていないので、暑い中を一時間もかけて歩いていらっしゃったのです。

「それは、それはお忙しところをご苦労さまです。して、今回はなんのご用でいらっしゃったのですか？」

「率直にお尋ねいたします。鳴り物入りでイタリアにお渡りになられた美和さんがご帰国なさっているとお聞きいたしましたが、怪しい動きがあるとの通報が署まできております。一度お目にかかってお話をお伺いしたいと、

こうして巡査様二人が同行して下さっているのです。美和さんをお呼び下さい」と、黒沼の嫁は芳に言った。

　それをもの陰で聞いていた美和は泥を手に取ると掌で伸ばして顔と髪に塗りつけた。肩を前に落とし、腰と足を前に落とすとたちまち３寸（９センチ）も縮まって老婆の姿になった。

「私のことを覚えていて下さるとは光栄でございます。一時はヨーロッパの舞台に立たせていただいて華やかな時期もありました。しかし不幸なことに、スペイン風邪にかかりまして命は取り留めたのでございますが声が出なくなったのです。路頭に迷った私をお救い下さったのがウェルバー様ご夫妻でした」

　県議会会長の黒沼の嫁と巡査は美和と写真を見比べてその違いに驚きながらもまだ納得しかねる様子だった。

「私は貴女が汽車に乗るところを見たわ。確かに貴女だった」と少しうろたえた調子で黒沼夫人が言った。

「まあ、外交官夫人に見間違えられるなんて、何と光栄なのでしょうか。少々似ているところがあるらしく、滅多にあることではございませんが慌て者の方が時々間違えるのでございますよ。そうそう、私が外交官夫人でないことの証拠をお見せいたしましょう」といって美和は二通の手紙を黒沼に見せた。それはウェルバーが美和へ書いた手紙であった。

「これはイタリア語の手紙でございますが、黒沼さまは女子大を卒業なさっていらっしゃるとお聞きしております。宛名書きぐらいはイタリア語でもご理解いただける

のではないでしょうか？」

　黒沼は乱暴に二通の手紙をひったくるように手に取ると裏と表をひっくり返しながら眺めた。

「女子大出の黒沼様ならお分かりになるはずですが、シニョリーナ（singorina Miwa Aokouji）は Miss Miwa Aokouji ということでウェルバー夫人ではないのです。これはルイジ・ウェルバーさまとその奥さまのミーヤ様から頂いた手紙です。そうそう、美和とミーヤの名前もちょっと似ていますわね。でも、もう二人は日本にいらっしゃいませんのよ」

　美和はルイジが意図したことをその手紙を見せながらやっと気付いた。この日のために彼は書き送って来たのだ。

　黒沼夫人はなおも疑い深そうに美和を眺めたが手紙に押された台湾のスタンプが有無を言わせなかった。

　しかしただでは帰らないぞと辺りを荒らしまわった。蔵に取れたての米俵が３俵ばかりぽつんと置いてあった。

「一番蔵から五番蔵まで米俵で埋まっていたといわれる御家がたった３俵ですか？　隠していないでしょうね」と蔑むように言った。

「小作人たちも皆戦争に取られ、私達女が慣れない鍬をもちまして、やっと収穫したものです。一俵は種籾ですけど。それも出せとおっしゃるのですか」

「そんなこと言ってないわ。来年もしっかりと種まきをするのよ」と言いながら屋敷中を荒らしまわり、最後に大名行列の食事のための大釜５つの内４つを持ち去ろうとした。

「私どもはもう馬２頭と槍や刀、護身用の短刀まで出したのです」と芳が言うと、

「黒沼家では私のダイヤの指輪や祖父の金歯まで供出したのですよ」

「碧小路家ではたった一人の働き手の婿まで取られた」と芳が言うと、

「黒沼家では３人の息子のうち２人まで取られて、残る息子にもいつ赤紙が来ないかと」と、黒沼夫人は最初の勢いは何処へやら、涙ぐみさえした。しかし巡査の手前、「息子２人がお国へのご奉公をしてくれて我が家の誉れです」といって帰っていった。

「厄介なものが来ないように橋は落ちたままにしておきましょうよ」と芳がいって皆腹をかかえて笑った。大釜を取りに来ることはなかった。

　ばらばらだった女３人が団結できたのは黒沼夫人と巡査のお蔭だとも言えました。

　日本が米国の真珠湾攻撃を成功させると、新聞は日本軍の華々しい戦果を連日書きたてました。それが同盟国イタリアが米軍の上陸を許す頃には、精神論や戦意を鼓舞するむなしい文語にかわっていきました。

　ある朝、母の芳が真新しい新聞を竈で燃やそうとしておりました。

「お母様、その新聞は美和伯母さんがまだ読んでいらっしゃらないわ」と言いますと、

「千塚子や、この新聞のこの写真を美和さんに見せるこ

とはできないのよ」

　私が訝っておりますと、母の芳が新聞を広げました。粗い粒子の写真で最初は何がいけないのか分かりませんでした。よく見てみますと何人かの人のようなものが逆さ吊りにされている写真でした。

「イタリアでは、統帥として慕われていたムッソリーニ様が吊るされたのよ。この記事を美和さんが見たら、ウェルバー様の事をさらに案じるでしょう。いい、千塚子、黙っているのよ」

　私が納得できない顔でおりますと、

「ニュースなんか、あらニュースは敵国語よね。そういう報道なんか見なくても、聞かなくてもいいのよ。だから送電線が切れてラジオのニュースなんかも聞かなくていいの。電気が来なくても我慢するのよ」

　私はなんとなく納得して、なるほどと思いました。

　伯母の美和は私の母・芳と絹にイタリアでの留学中の話やルイジとの出会いなど話し始めたということでした。

　私は碧猪村で生まれ、碧猪村で育ち全く外の世界を知りません。

　ですからその後に起こった東京オリンピックもモーターショーも私にはまったく遠い世界です。

　美和伯母さんが過ごしたというイタリアやリビア、その他の国々も東京も同じぐらい架空の世界でした。終戦間際にはマリオは14、5歳になっておりましたが、それで

も私達と生活をともにしませんでした。

イタリアから連れて来たというよりは、ルイジ・ウェルバーの赴任先について回って日本までたどり着いたカイという男がおりました。

どこの生まれかもわからず親も兄弟も知らず、ルイジたちの食べ残した物を漁りに来る孤児だったそうです。

哀れに思い放っておくと、料理人たちの水運びや皿洗いなどするようになり、彼はそのうちに見よう見まねで料理をこなし、マリオのよき付き人になったのです。

ルイジと美和は、マリオのたった一人の友達というか下僕というか、カイとマリオを引き離すには忍び難かったのですが、マリオが小学校に入る学齢期になった時、寄宿舎付きのイタリアの小学校に何度か入学させたそうです。彼はそこで飲まず食わずで、学校から引き取りを依頼されるほどでした。マリオは学校も行かずとうとう日本までカイと同行してきたというわけです。

カイもマリオもほとんどイタリア語もアラビア語も日本語も話せなかったというか、話そうとしなかったのでした。二人だけの時は手話のような動作を交え話しておりました。マリオはその男と寝起きを共にしておりました。

私が美和伯母さんの息子・マリオと叔母・絹の間で過ちによって生まれた倖恵の話をしようとして、その背景を説明させていただくために、マリオの母親の美和の話からしなければならないと思い、美和を語るには美和たちの父、私には祖父・聡一郎の話もしなければ筋道が通らないように思い、つい前置きが長くなりました。

3・7　3姉妹の打ち明け話

　やっと分かりあえた姉妹は今まで話さなかったことを
堰が切れたように空白の20年間を話し始めたのでした。
　その中で絹の夫・弥三郎の話しになった時、
「お姉さま覚えてらっしゃる？　銀座の亀屋で着物を誂
えたでしょう」
「関東大震災の前の年だったわね」
「そうよ、震災から再建した亀谷に就職したのよ。其処
に居たのが、あの時に見立ててくれた弥三郎だったのよ。
弥三郎はお姉さまのことを覚えていて、お姉さまのこと
をいろいろと聞きたがったの。弥三郎は亀屋の三男坊で、
女店員の間でもとても人気があったのよ。だから私が弥
三郎と個人的な話をしていると皆にやっかまれたのよ。
意地悪をされるたびに弥三郎が慰めてくれるの。それを
見た店員はまた私をいじめるのよ。その度に弥三郎は親
切にしてくれるので苛められるのはうれしかったわ」
「まあ、絹、どうしてその時あなたは田舎に帰って来な
かったの？」と私の母・芳が絹を責めると、
「弥三郎は達子様というお嬢さまともお付き合いをして
いたのよ、でも、私の体が一番だと言ってくれたの。達
子様とは営業上の付き合いだ。お得意さまを一軒なくし
たら莫大な損失になるのだ。達子様のまわりには御母さ
ま、それに姉妹、親戚筋を合わせると大人数になる。そ
れを失ったらどうなるか。年末年始の着物、お茶会、そ
れに問題となったお見合いのための着物のお誂えだ。達

子さまはあまり気が進まぬ御様子だったが、先行さまは
ドイツ留学がお決まりでお急ぎのようだった」

「絹、それがお前とどういう関係があるの？」と美和が
厳しい調子で言った。

「達子様は『結納だけならば』と仰ってお受けになった
のに、結納の夜に強引に処女を奪われたそうよ。達子様
がおっしゃったらしいの。もう私の体は汚された。その
うえ航太郎は『お前の体にはがっかりした。男を抱いて
いるようだ』と言ったらしいのよ。達子さまは弥三郎に
『私は航太郎を許さない。だから私を抱いて』とおっ
しゃったらしいの。半分は弥三郎の作り話でしょうが。
でもかれこれ２年の間、弥三郎は私と達子様の間を行っ
たり来たりしていたわ。弥三郎は『これも達子様の許婚
が帰って来るまでの間だ』といつも言っていたので、私
はその日を待ったわ。ドイツから許婚が帰国して結婚す
る日取りもお決まりになったのよ。軍属医でたぶん航太
郎って言ったわ。それで弥三郎は私とひと足早く結婚し
たのよ」

　美和は心臓が飛び出すほどびっくりしながら恐る恐る
聞きました。

「まあ、それで航太郎さんはその許婚と結婚なさったの？」

「それが問題だったのよ。結婚式の当日その結婚は破談
になったの。詳しいことは弥三郎にもわからないのよ。
達子様はアメリカに渡ったらしいわ。達子様の許婚は銀
時計の航太郎と大恥をかいて軍属医をやめて何処かへ
行ってしまったらしいわ」

日本は日清戦争、日露戦争とそれに続く第一次世界大戦においても勝利をおさめ満州事変、日中事変にしても勝利をおさめておりました。

　しかし、真珠湾攻撃から日本は自ら世界中の連合軍を相手に第二次世界大戦に突入したのでした。

　３人の姉妹がやっと打ち解け合い何もかも打ち明けてしまったころ、絹のおなかが大きくなったのです。絹は全く心当たりがないと言います。まさかと思いましたが絹の夢の話が３人の女の脳裏をかすめました。

　それは女３人が碧猪村の生活にも慣れわだかまりも取れそれぞれに今までの恥ずかしいことなどもすっかり打ち明け始めた頃でした。

　「あまりにも現実味があって恥ずかしいから言わないでおこうと思ったけれど、秘密にしておくと余計もやもやするから言ってしまうわ。昨夜弥三郎が帰って来た夢を見たのよ。弥三郎の手が私の胸を弄っていたのよ。嬉しかったわ。ねえ、わかるでしょう」

　美和と芳は息を呑んで続きを待った。

　「本当に弥三郎が私を抱いてくれたかのようだったわ。眼を開けようとしても声を掛けようとしても、泥のように疲れていてそのうち寝てしまったのよ」

　絹があの話をしたのは、厚い氷も解けて梅の花や桜の花や桃の花まで悩ましげに一斉に咲き始める五月ごろであった。

多分あれは夢ではなかったのだ。絹が誰かに抱かれた
のだ。誰に？　弥三郎は帰還していない。となると、そ
のころ急に背丈が大きくなり声変わりを始めたマリオの
ことが皆の脳裏をかすめました。

　リビアでマリオは生まれた時から一人ぼっちでした。
母の美和はルイジの抱き人形と化し、夜の務めとシエス
タといわれる昼寝の時間にも美和を抱きに戻ってくるル
イジに律儀に務めを果たしていた。
　フランコの時は祈るように彼女の体に飽きることを願っ
ていた。だが今回は違う。ここで捨てられたら本当に娼
婦にしかなる道は残っていない。砂漠とモスクに囲まれ
たこの地で子供を連れてどうすればいいのだろうか。
　美和は出産時期が近付くにつれて航太郎を思い出し、
ジェノバの安宿「迷宮」で航太郎、中村中尉、そしてル
イジに思うままに凌辱されたことを思い出すのでした。
　マリオはそのうちの誰の子なのだろうか。確信できな
いまま砂漠のリビアで屈辱の子、罪の子、マリオを産み
ました。
　しかし日本に到着した時の半ズボンの可愛い少年はい
つの間にか美和を追い越すぐらいの背丈になっているの
を誰も気づいておりませんでした。
　美和はマリオの尻を青竹で何度も叩きました。絹や芳
が止めに入らなければマリオの骨は砕けていたかもしれ
ません。
「もう絹にも八重子にも近付くではない」

美和の仕置きにマリオは泣いて、

「だってママは一度も抱いてくれたことがない。一度も乳をくれたことがない。いつも訳のわからない言葉を話す乳母や女中が僕の世話をしてくれて、僕がその言葉を覚える頃にはまた次の国へ行く。僕は絹叔母さんの乳にしがみついている八重子がうらやましかっただけなのだ」

　マリオはイタリア語で泣きながら叫びました。

　３人の姉妹も叫びました。

「もうこの子も男なんだ！」

3・8　国破れて山河あり（一）

　終戦の玉音放送があった日は快晴であったためでしょうか？

　張り詰めた緊張の糸が切れたせいでしょうか？

　皆、晴れ晴れとした気持ちで思い切り手足を伸ばしました。

　だれもが興奮し手を取り合い、「終わった！　終わった！」と叫んだ。

　しかしそのあと、じりじりと照りつける太陽に体力を奪われて亡くなる老人や病人も多かった。

　絹の産後の肥立ちは悪かった。甥のマリオとの不義の双子を出産したという体の負担と精神的な痛手で御養所から退室することがなかなかできないでいた。

　皮肉にも絹の夫・弥三郎が終戦とともに早々と帰還して絹親子を迎えにやって来た。彼をだれも歓迎することができなかった。

　しかし、いつまでも屋敷内に止め置く口実もなく、絹と娘の八重子は弥三郎に伴われて焼失を免れていた八王子の呉服屋・亀屋の本家に帰ることになりました。美和は心配でリュックサックに米を詰め込んで同行しました。しかし美和が背負った米は列車内で没収されて、辛うじて絹の夫・弥三郎の背負った米は復員軍人として大目に見られ許された。

　空襲を免れた婚家には義姉の身内が大勢疎開してきて

175

いた。

　婚家の義姉は着いて早々に、美和のリックに米粒の一つもないのを見ると、

「口のついているものは片口でも見たくない」と言いました。

　これからの妹の婚家での処遇が推し量れ、身を案じながらもどうすることもできず、その夜は納屋の隅に泊まらせてもらった。

　八王子から帰途に就いたがそのまま上越本線に乗る気になれず、東京駅で下車をして中央口に出た。そこはイタリア日本大使館員の夫・ルイジ・ウェルバーと何度も待ち合わせに使った駅だった。

　そのルイジはイタリアに帰国したまま消息が知れなかった。美和はルイジに捨てられたと思っていた。

　東京駅の中央改札口から行幸通に入り銀座に出ようとするとある建物の前に人の列が出来ており、新聞に出ていた通りの求人広告が張り出されていた。

「キャバレー、ダンサーヲ求ム。経験ノ有無ヲ問ワズ。国家的事業ニ挺身セントスル大和ナデシコノ奮起ヲ確カメル最高収入、特殊慰安施設協会キャバレー部」とあった。

　今まで新聞広告を見ても興味さえ覚えなかったが、大新聞に書いてある通りの文言が張り紙に"最高収入"とあるのでその言葉につられて入ってみた。

　数人の女がいて、憮然と帰る者、何やら書類に書き込んでいる者、美和の番になると、係の男が美和の書いた

書類を見て困ったように美和を見上げた。

「もうすぐ40ではないか？　その年では止めておいた方がいいな」

「何でもします。私が家を背負って立たなければならないのです。お願いです」

　列車での長旅に疲れ果てていた美和は化粧もなく髪に櫛も入っておらず、年より10歳も老けて見えた。

　いつもの美和ならその様な小役人に懇願をすることなど決してしないのだが、美和はイタリアに留学する時、父に書生頭の晋三に気を付けるようにと半分まで言い出して、父の老いた顔を見て残りの言葉を飲み込んでしまっていた。あの時、きちんと告げるべきだった。

　書生頭の晋三は「こんな田舎で芳のような少しばかり器量がよくても、面白みのない女と田舎暮らしをする気はないね」と財産を持ち逃げしていた。そのころ美和はイタリアに留学中で父が病に倒れたことすら知らないでいた。美和は書生頭に屋敷の財産を奪われたことに少し責任を感じていた。

　事務所で話をやり取りしているうち、美和は何が何でもこの職業にありつかなければという切羽詰まったものに襲われた。

　もう終業の時間が過ぎて、残っているのは美和一人、係の男はうんざり顔で、

「駄目なものは駄目だ」と美和に強い口調で言った。その時役人風の男が飛び込んできた。

「至急女を二人回してもらえないだろうか？　女が二人

脱走して順番待ちのアメ公が騒ぎ始めたのだ」

「さ〜。急に言われましてもね。そうだ、ここにいるこの女でもよござんすか？　何でもすると言っておりますので」と意味ありげな目配せをした。

「年増でも女は女だ。よかろう。アメ公は女の年など気にしないさ」と飛び込んできた男は美和を一瞥すると自分自身を納得させるように言った。

　美和は書類に妹の名前を記入したことで落ち着かなかった。

　「国家的事業ニ挺身セントスルヤマトナデシコノ奮起ヲ確カメル最高収入特殊慰安施設協会キャバレー部」とあったが何か釈然としないものを感じ碧小路家の名を出すことにためらいがあり、八王子に嫁いでいる妹の名と住所を騙ったのだ。

　すぐに働くと言ったのは碧猪村に行って帰るだけのお金がなかったからだ。

　飛び込んできた男は、美和をジープに乗せ、焼け野原になった街を通り抜け旅館風の建物に着いた。

　日本の警官とアメリカのMP（military-police）が入り口に立ち十数人のアメリカ兵がたむろしていた。

「国家的事業ニ挺身セントスルヤマトナデシコ」

　美和はその言葉を自分を守る呪文のように繰り返したが、わき上がる不安は打ち消し難かった。アメリカ軍が要求したと英字新聞でちらりと呼んだ。そこには「Recreation and Amusement Association」と書いてあった。『余暇・娯楽協会』が本当の意味で、慰安施設は誤訳

だと思った。

　まさかという思いはあったが、日本の警官やアメリカのＭＰも立っているのを見て、それこそ日米にまたがる国家的事業なのだ、脳裏に浮かぶ疑いをまた打ち消しながらその建物に入った。

　美和をここに連れてきた男から中年の旅館の女中に引きわたされた。

「アメリカ人は綺麗好きだから日本の恥にならないように隅々まできれいに磨くのだよ」

　女中は美和を浴場に連れて行き、海綿のスポンジにシャボンをたっぷり付け隅々まで洗った。

「私がやりますわ」といっても女は慣れた手つきで無遠慮に背中から胸や股を開かせ覗き込むように洗った。

　石鹸でさえなかなか手に入らないご時世にシャボンの甘い香りと海綿の優しい手触りが一瞬美和をイタリアに思いを馳せさせた。

　脱衣かごにはメリンスの長襦袢と赤い腰巻と腰紐が一本置いてあった。湯上がりに美和はその派手はでしい襦袢を身につけながら、

「着替えの衣裳部屋はどこにありますの」と聞いた。

「着替えの衣裳だって！　その襦袢さえ着てる暇がないぐらいだ」と女は吐き捨てるようにいった。

　風呂から上がると先ほどのロビーでいつの間にか屈強な男に腕をとられていた。先ほどの女が先導して二階に上がるとその先にはいくつかの小部屋が並んでいた。潮騒のようにうめき声や矯声やらが聞こえてきてそれぞれ

の部屋の中から女のすすり泣く声がした。

廊下に二、三人ずつ固まっているアメリカ兵は美和を見ると何か卑猥なことを言いながら美和の尻を撫でまわした。美和はその手を払いのける気力さえ失っていた。美和が打ち消そうとしていることがすべて現実になるのだ。

「国家的事業ニ挺身セントスルヤマトナデシコ」とはこのことだったのだ。

いくつかの部屋の前を通り過ぎると一つの部屋は障子がなぎ倒されて中が丸見えだった。布団の上に壊れた人形のように不自然に手足を投げ出した女の上に金髪の男が腰を使って乗っているのが見えた。その脇で黒人兵が順番をまちきれないようにズボンのボタンを外し始めていた。

まさかこの私が、このような場所で、まさか、この私が、"国家的事業ニ挺身セントスルヤマトナデシコ"、国にささげる挺身隊というのは、国を挙げてまさかこのようなことを行うことなのだろうか？

ぐらりと美和は膝から崩れ落ちた。その体を先導する男がグイっと引き上げた。その様子を見て、案内の女がもう一方の腕を支えながら、

「いいかい、日本はアメリカに占領されたんだよ。女はここを占領されているんだよ」といって美和の股を力いっぱい掴んだ。

「分かったかい、何をされても逆らってはだめだよ。怪我をするだけだからね。ちょっと我慢すれば蔵が立つ

らい稼げるのだよ」と言った。

　レイプ、ミラノでのフランコによる毎晩のレイプ、あの悪夢が始まるのだろうか。

　引きずられて部屋に入ると「ヒュー、ヒュー」と数人のアメリカ兵が歓声をあげた。

　美和は現実と過去の悪夢の中で何人もの男を受け入れた。何人だったのだろうか？　意識は混沌としていた。

　係の男がカーテンを引き開けると隙間から朝日が差し込んできて、美和の乳をしゃぶっている若い男が見えた。白い華奢なつくりだ。

　美和はその光の中で自分が乳を吸わせている親豚のようだと思えた。

「Time's up！　Time's up！」と声がかかるとその少年兵は、「Old bag！（ばばあ）」と言い放って、美和から離れた。

　乳首に鋭い痛みが走った。また始まる、ミラノでの悪夢が始まる。痛みより悪夢の再来に怯えた。

　広間では20人近くの女が遅い朝食を箱膳で黙々と食していた。思い出したようにすすり泣きを始める女もいた。泣きはらした顔はみな醜かった。

「あたいはここへ来て初めて銀シャリを食った。うめ〜な〜。死んだおっかさんにも一口でも食べさせてやりたかったな」と一人の女が言った。

　それまで押し黙っていた女たちは口々になにかを言い始めた。

「あんた新入りかい？　それにしてもいい年だね。吉原

から鞍替して来たのかえ？」と無遠慮に顔を覗き込んで
きた。みな二十歳前後の若い娘ばかりで、その声で美和
に無遠慮で嘲笑のこもった視線を投げかけた。

「でもよ、今日は臨検の日だよ。アメリカ兵に抱かれる
のもいやだがあの臨検だけは我慢ならないのだ。冷たい
あのアヒルの嘴のような光った器具を乱暴に突っ込んで
来るから我慢がならねえよ」

「あの医者は女を憎んでいるのだよ。あのアヒル口で傷
つけられて出血多量で死んだ女がいるってよ」とだれか
が言った。

　すると皆一斉に黙ってうなだれてしまった。

　臨検は隣の小部屋で行われていた。一人ずつ名前が呼
ばれ、まるで屠畜場に引き出されるように出て行った。

　最後に美和は名前を呼ばれたが気が付かないでいた。
碧小路の名前を知られたくなかったので、末の妹の苗字
を書き込んでいたからだ。

「亀山絹さん、あんたですよ」

　湯殿から付き添っていた女中が名簿にもう一度目を通
して、美和の腕を乱暴に引き上げて、強い消毒臭に満ち
た部屋へ連れていった。

　目の前に急ごしらえの診察台に下半身を露出させられ
た女がいて、診察が終わると美和を一瞥して立ち上がり、
まくり上げられていた襦袢の裾を何度も引っ張って直し
ていた。

　臨検医は神経質に消毒液で手を洗っていた。

　美和は臨検医の前に引きだされ、看護師に前の女と同

じように横になり足を広げるように言われた。

　美和は呆然と立ちつくした。

「何をぐずぐずしている。アメ公に股を開いたように開けばいいのだ。もう何人もの男の前で股を開いたのだから、今更純情そうに装っても無駄だ」と言い放つ臨検医を美和は睨みつけた。50過ぎのガッチリとした体格だが目が落ちこみ頬はげっそりとこけていた。

「キャバレー、ダンサーヲ求ム。経験ノ有無ヲ問ワズ。国家的事業ニ挺身セントスル大和ナデシコノ奮起ヲ確カメル最高収入、特殊慰安施設協会 キャバレー部」

　美和は思わずまた「国家的事業ニ挺身セントスル大和ナデシコ」と募集の要綱を唱えた。

「だが、それは違う！」

　臨検医は唖然とした様子で言った。

「特別女子従業員って書いてありましたもの。アメリカ軍が要求したと英字新聞で読みましたわ。それには『Recreation and Amusement Association』と書いてありました。『余暇・娯楽協会』が本当の意味でしょう。『特殊慰安施設協会』は誤訳でございますわ。娯楽施設をつくってアメリカ兵に娯楽を与えるのでございましょう、今まで敵であった者に恩恵を与えるなど今までなら考えられないことでしたわ」

「挺身隊だと！　お前はまだ国を信じているのか？　お前たちは占領軍の男達から良家の子女の貞操を守るために駆り出された防波堤の捨て駒なのだ」とあきれ果てたように言った。

信じたくないことが今、目の前で起こっている、背筋の凍るようなことが真実だったのだ。

　"代々格式のある碧小路の娘が、国会議員の娘が、イタリアでオペラのソプラノ歌手としてヨーロッパで一時名声を馳せていたこの私が、慰安婦ですって！"

　この屈辱的場面で美和はアッと短い声を上げた。イタリアのジェノヴァでプロポーズをし、一夜を過ごしながら、美和の身体に堕胎の痕があるのを発見すると、

「穢れた体のお前には日本の地を踏ませない」と言い放った丸山航太郎が今、目のまえに立っている。この臨検医が丸山航太郎なのだろうか？

「いいえ、私は亀山絹です」

　このような場所でこのような姿で最悪の再会になるのだろうか？　美和は妹の名をまた騙った。

　臨検医は持っていたクスコ（膣鏡）を台に置いてまた手を洗った。

「先生、この女はまだ終わってませんよ」と看護婦が美和の両肩を押さえて診察台に乗せ襦袢の裾をまくり上げようとした。男はそれを制止して美和に近づき凝視して「そこに座って胸を開け」と呆然としている美和の襦袢の襟を掴み胸を開かせた。襦袢からはじけ出た左の乳房の乳首は赤く熟れたイチゴのように腫れあがって、そこから赤黒い血が流れ出ていた。

「アメ公に嚙まれたのか？　奴ら酷いことをしやがる。菌血症になるかもしれない」

「キンケツショウって何ですか」と看護婦が聞いた。

「傷口から細菌が入って体中に回ったら一巻の終わりだ、一刻も早く膿を出し切らねばならぬ」

男は医師としての自覚が湧いて来たのか、てきぱきと看護師や従業員に指示を出し準備を始めた。

日本庭園の東屋には心地よい風が立ち始めていた。この光景を遠くから眺めたら、三人がテーブルを囲んで熱心に相談事をしているように見えて、ほのぼのとしたものに映ったに違いなかった。

臨検室は悪臭と汚物にまみれていたので、庭に出て東屋で応急処置を始めたのだった。

テーブルで美和が腫れあがった乳房をスチールの膿盆に載せ、男が麻酔注射を打って乳首の上に少しばかりメスを入れた。するとそこからどす黒い血と悪臭を放つ膿が出た。

「少しでもこの膿を残してはならぬ。絞り出しと洗い流しを繰り返すのだ」

膿盆の上の乳房を医師と看護婦が真剣な顔で揉みしだき、次に小さな切り口から生理食塩水を注いで洗い流してはまた揉みしだき、残った膿を揉みしだいた。美和は痛みと羞恥心で固まっていた。

「これでよかろう」と男は言い、美和に応急処置を済ませ氷で冷やしながらMPのジープでアメリカ軍に接収されていた聖路加病院に行った。そこにはまだ日本の病院では手に入らないペニシリンがあった。

念のためにと言ってペニシリンを打って、丸山航太郎は海沿いの月島の小さな離れ風の家に美和を連れて行っ

た。潮の香りがした。

「ここは俺の家だ。入院するには本名を名乗らなければ
ならないから、ここで様子を見る。ペニシリンで何とか
持ちこたえられるだろう」と、敷居をまたいで中に入る
のを戸惑っている美和に言った。

　美和は今、自分の身に何が起こっているのか全く分か
らないでいた。しかし、この男の家に入ることなど考え
られなかった。引き返そうとすると急に目の前が暗くな
り航太郎の腕の中に倒れこんだ。

　2日ばかり昏睡状態がつづいて、目覚めるとそこには航
太郎の顔があった。

　ガラス戸をゆする風の音にゆっくりと目を窓の外に移
すと物干し竿に赤いひらひらと風に揺れるものが見えた。
よく見るとそれは美和が身につけていた赤い腰巻であっ
た。

「まあ、奥様が洗ってくださいましたの。恐縮でござい
ます」と恥じ入りながらベッドから起き上がり言うと、
「そんなものは俺には居ない」と吐き捨てるように言っ
た。

　熱が下がっているのを確かめると、

「今から傷の消毒をする」と言ってテーブルに真っ白い
布をかけ、膿盆や消毒用の生理食塩水を入れる吸い飲み、
脱脂綿などを用意した。

　美和に、

「体を清拭してこれに着替えなさい」と固く絞ったタオ

ルと糊のきいた男物の浴衣を出した。別室で着替えるべきか目の前で着替えるべきか迷った。

　昏睡状態中に慰安所で支給されたメリンスの長襦袢と赤い腰巻まで脱がされて男物の浴衣に着替えさせてもらったのだから、今更恥じ入ることもないとその場で後ろ向きになり着替えた。

　航太郎はそれを冷ややかな目で見ながら白衣に着替えてゴム手袋をして消毒も念入りに行い、聴診器を美和の胸や首筋や脇の下に当てて、鼠径部までリンパの検査をした。どことなく事務的で、指先には嫌悪感すら感じ取れる動きがあった。

「熱は下がっているし、どこにも炎症が起っていない。この最後の消毒が終われば君は俺の患者でなくなる」

　イチゴのように腫れあがっていた乳首は元の大きさになっていた。

「これで俺の仕事は終わりだ。ここで死なれたら日米の大問題になるところだった。これで治療は全て終わりだ。いいか、この頓服と軟膏を持ってすぐにでも出ていけ」と言って消毒用の器具などを片付け始めた。

　美和が碧猪村からずっと着ていたブラウスとスカートは洗われてきちんと畳まれ、棚の上におかれていた。全てが痛性に見えるぐらい整えられ、棚は木目が出るくらい磨き上げられていた。航太郎はとりつくしまもないぐらい冷ややかであった。

　立ち去ろうとしている美和に、

「そうだ、お前は売春婦になるぐらい金に困っているの

か？」とさげすむように言った。美和は睨みつけた。

「その様子では本当に困っているようだ。米軍の缶詰や
ハムなどを持って行け」と言った。断る理由もないと思
い礼を言った。

　航太郎は椅子から立ち上がり、

「礼など言わんでもいい。俺は国家的事業の臨検医とい
う有難い仕事で、国からたんまりと金をもらっている。
お前はもう俺の患者ではない。それを持って早くここを
出ていけ。」と言った。

　美和はまだ今までのいきさつが呑み込めずに、そこに
立ちつくした。

「何故ぐずぐずしている。『国家的事業ニ挺身セントスル
大和ナデシコノ奮起ヲ確カメル最高収入。』お前は味を占
めて慰安所にまた戻りたいのか？　米兵の味が忘れられ
ないのか？」

　美和はあの夜の次々に美和の体を通り過ぎて行った米
兵たちを思い出した。あれはフランコではなかった。フ
ランコにレイプされ続けて美和は意思も感情も持たない
人形になっていた。

「お前は売春婦になったのだ。一人50セントで体を開く
女になったのだ」と航太郎は言った。

　慰安所でカーテンを開けた係の男が、「新入りのあんた
でも一晩で俺の一か月の給料を稼いだな」と言った。あ
の時は何のことか意味が解らなかったが、そういうこと
だったのだ。金で体を売ったのだ。売春婦になってしまっ
たのだ。

「どうしても金が必要なら、オンリーという選択もある。高級士官の専用の女となるのだ」

　美和は思い出しました。オペラ『蝶々夫人』の第一幕でピンカートンが歌うのでした。

「９９９年の間結婚します。いつでも自由にできるという条件で」

　何も変わらない。黒船時代と、何も変わっていない。いいえ、それより醜悪になっているのです。

　美和はやっと理解し、リュックを掴むと表に走り出した。重い湿った風が吹き出した。

3・9　国破れて山河あり（二）

　東京駅構内は人が駅の外まであふれ出ていた。

　駅構内のアナウンスは『上越本線は土砂崩れのため全線不通』と繰り返すばかりでいつ復旧するのか全く分からない状態であった。小雨は本降りになり人の数は増えるばかりであった。

　五日前には、美和は妹の絹を婚家に送り届けるために、絹の夫・弥三郎とともに東京駅を通過した。

　あ〜、なぜ今回は東京駅で下車してしまったのだろうか？　なぜあの広告を目にしてしまったのか？　なぜ？　なぜ？　あのような広告を信じてしまったのか？　と自問自答して思い浮かべるのもいかがわしい慰安所での出来事を消し去りたいと思った。悔恨の情に胸の傷はじくじくと痛み始めた。

　いくら待っても上越本線の復旧はアナウンスされなかった。

　暮れ行く待合室のベンチでいつの間にかまどろんでいた美和は入り口から吹き込む雨と風に目覚め、リュックがないのに気づいた。東京は"生き馬の目を抜く"と言われて油断のならないところであると知っていたのだが……

　終電も近いのかあれほどあふれるようにいた人もまばらになっていた。

　リュックも金も盗られ、行く当てのない美和は気付く

と航太郎の家の前に立っていた。しかしそれでも戸を叩く気にはなれず、雨風を凌げるどこか犬小屋でも探そうかと、そこを離れようとした時に航太郎が暗闇から現れた。

「バカ！　おれがどれほど、東京駅やここまでの道筋を繰り返しお前をさがしたか？　上越線はいまだに不通だと言うではないか」

　航太郎は美和を抱きかかえて家に入った。傘をさしていたが航太郎も雨風に全身ずぶ濡れであった。

　航太郎は浴室のガスに火をつけ、濡れたシャツを脱いで、鏡に映った筋肉の落ちた胸板を見た。

　美和もずぶ濡れのブラウスとスカートを脱いでメリンスの長襦袢と赤い腰巻に着替えた。纏った美和の姿はどこから見てもあの慰安所の売春婦だった。それを見た航太郎の何かが崩れた。もう患者ではない。否。今からでも医者としての矜持を保つために白衣とゴム手袋をつけようかと一瞬迷った。しかし若い米兵たちの躍動する筋肉がむき出しの欲望で美和を次々に組み伏していく姿が瞼に浮かんだ。理性との葛藤は余計にいらだちを増幅した。

「患者には決して手を出さない」と豪語した彼の信念は慰安婦の長襦袢一枚でその夜脆くも崩れて米兵のように美和を抱いた。

　20年ほど前、航太郎は海軍軍医少尉を拝命し、輝かしい経歴をもってドイツに赴任し、駐独日本大使館の歓迎

レセプションで、清純で世界的にも名声を博したオペラ歌手碧小路美和に出会った。

ジェノヴァの宿でプロポーズを受け入れてもらった時の歓喜、そして結婚を誓い合ったあの夜。だが結ばれた夜に堕胎の痕跡を発見し、「Hündin（＝売女）」と言う言葉を投げつけ、

「穢れた体のお前に日本の地を踏ませない」と罵った朝もこのような快晴であった。

美和の体を傷つけながら通り過ぎて行った男達、俺もその一人なのか？

ジェノヴァで会った時に日本に連れて帰っていたら美和はこのような不幸にあわなかったのかもしれないと悔恨の念に苛まれつつも、三日三晩航太郎は列車不通のニュースを聞きながら美和を責め続けた。列車は永遠に開通しないように思えた。

聖女のように清らかだった美和の体に男たちが残した傷跡が航太郎を何度も駆り立てた。堕胎の痕をつけた男、ザーメンまみれにさせた米兵、そして帝王切開の痕をつけた男。

誰の子を産んだのか？　ジェノヴァの夜に抱いた時に切開の痕はなかった。ひょっとして俺の子か？　この思いは航太郎のほほを一瞬緩めさせた。いやいや、そのようなはずはない。

すぐにイタリアに残った中村中尉から横須賀に手紙が届き「貴様が美和さんと一夜を過ごした宿に美和さんはイタリア男と何日もしけこんで、俺はイタリア男が出か

けている隙に美和を抱いた」と書いてきた。

　中村中尉は、「美和さんは貴方でよかったわと何度も言い、聖女のように微笑んだ」と得意げに書いてきた。

　中村の手紙をまた思い出して航太郎の怒りは頂点に達した。

「売女め、お前は生まれついての淫売婦。中村はお前が売春宿に売られたのではないかとイタリアや日本中を探し回り、軍を解雇になり、俺は海軍中将の娘との縁談が破談になり軍籍も剥奪された」

　今、美和にいつ、誰の子を産んだのかと聞いたとしてもその答えを聞くのが恐ろしかった。海軍軍医を拝命し何時も栄光の中を歩み続けていたはずが、美和とかかわってから医師免許さえ失いかけた。

　子も妻もなく辛うじて国家的事業という名のこの卑しいおぞましい職務に従事している現状に、怒りと絶望だけが残った。

　航太郎は自分の身持ちの悪さを忘れ、すべての怒りをぶつけようとしたが彼の物はピクリともしなかった。そして美和を責め続ける自分の過ちに気付いた。

　戦争を始めたのは男だ。新しい玩具で遊ぶように世界各国は軍拡を競い合い殺し合い、惨状を拡大し続けた。

　日本国民に過酷な犠牲を強いた政府、軍、首脳、幕僚たちは戦いに負けると日本の女を敵兵に差し出した。良家の子女を守るためと言いながら、それは自分たちに向かう矛先から逃れるためでもあった。

脂汗をかいている航太郎の隣で美和は冷たい魚のように静かであった。美和はフランコの毎夜のレイプで心を持たぬ人形のようになっていたが、止めを刺したのは「穢れた体のお前に日本の地を踏ませない」というジェノヴァの宿の航太郎の言葉であった。美和の心はそのときから完全に死んでいた。

　航太郎から全身の力が抜けた。この女に怒りをぶつけようとしていたが、間違っていたのは俺だ。国だ。威張り腐っていた奴らは戦争に負けたとたんに丸腰の女に赤い腰巻一本でアメリカ兵に立ち向かわせて、自分は母親のスカートの後ろに隠れてしまった。国を挙げて日本の女を売春婦にしてアメリカ兵にさし出す。なんて卑怯な奴らなのだ。俺もその一人だった。後悔の念に苛まれながらいつの間にか眠りについた。

　上越本線の土砂崩れから３日目の朝、ラジオは列車復旧のアナウンスを短く報じていた。その三日間で美和は生気を取り戻し、肌は艶めき、体は柔らかくしなり、菩薩のような微笑さえ浮かべていた。

　彼は得も言われぬ幸福感に包まれていた。

　静かな大海を漂っているようであり、朝のさわやかな森の中にいるかのよう清々しさであった。美しい花々が彼の周りで次々と開き始め、大きな花弁が彼を優しく包み込んだ。美和の長い髪は、風が稲穂をなぶるがごとく航太郎の上でゆったりと左右前後に揺れていた。

　明け方の薄明かりの中で航太郎は初めて美和の聖女の

ような清らかな微笑みを見た。

　美和の想いはたゆとうと流れる信濃川の水面に映える
黄金に色付いた稲穂の上を飛んでいた。
「今まさに私は帰る。長い信濃川を右に左に蛇行しなが
ら。今帰る。
　碧猪村の稲は大丈夫でしょうか？　嵐で吹き倒されて
いないでしょうか？　今帰る。這ってでも美山に抱かれ
た碧猪村に私は帰る」

　美和は夜明けを待って、汗まみれになったメリンスの
長襦袢と赤い腰巻を手早く洗って竹竿にかけた。晴れ
渡った青空に一陣の秋風が吹き、赤いお腰をまきあげた。
巻き上げられたその先に海が見え、海の水平線から潮
の雫が滴り落ちそうな太陽が昇った。水晶のような新鮮
な朝の光の矢が美和を貫いた。胸の奥の凍てついた氷の
塊を矢は打ち砕いた。
　心臓からどっと温かい血潮が流れ始めた。
　美和は両手を挙げて陽の光を浴びた。指先からじわじ
わと温かくなり、それが徐々に美和の体の芯の凍てつい
ていた心を溶かし始めた。赤い血潮が身体を巡り、穢れ
た体を浄化するようだった。神聖なる太陽で清められ
た。帰れる。帰れる。清められて、これで帰れる。

　美和はベッドに横たわっている航太郎を見た。髪は一
夜で真っ白になり肌は生気を失って土気色になっていた。

「大丈夫でございますか？」美和は思わずベッドに近づき声をかけた。「大丈夫だ。早く帰れ。MPや慰安所の奴らに見つかったら大変だ。

　テーブルの上の金を持っていけ。ああ、そうだ。スカートを脱げ」

　美和は唖然として航太郎を見つめ後ずさりをした。「バカ、勘違いするな。このズボンを穿いていけ。そしてこの帽子をかぶれば男に変装できる。」と言って、白い麻のスーツとパナマ帽を美和に差し出した。

　それらのものを着用してみるとまるで少女歌劇のスターのようだった。「すいません、靴墨ありますか？」航太郎の背に尋ねた。

「ズックに靴墨か？」ズックに履き替えた美和に航太郎が言った。

「いいえ、こうするのです。」と言って、美和はコンパクトから練りおしろいを出して靴墨と混ぜて顔と手に塗った。どこから見ても男になった。

　美和は軽い興奮を覚えた。舞台に立つ前に完璧に役になりきるその瞬間。今、美和の演じなければならないのは何の役でしょうか？航太郎の役は何なんでしょうか？「早く行け。米兵やMPや役人に捕まるなよ。」

「はい、お世話になりました。」と礼を言い静かに航太郎の家を出た。

　航太郎は背中で見送りながら、辞表を書く決心をした。

3・10　懺悔の書（一）

　賑やかでおしゃべりで明るい絹叔母さんが終戦ととも
に帰還した夫と娘の八重子の三人で八王子に帰ってしま
うと屋敷は急に淋しくなりました。

　伯母の美和は碧猪村に外交官夫人として来た数年前と
同じように硬い表情で母の芳ともあまり話をしなくなり
ました。

　カイとマリオはチーズや肉など大使館から運んで来て
いたものが無くなると、馬屋でヤギや羊を飼い何とか食
べられる物を作り出していました。山羊は屋敷のまわり
の雑草も食べてくれるので、前よりも小奇麗になってき
ました。

　私・千塚子は二人から分けてもらえるチーズが好きに
なり乳を搾っているのを遠くから眺めておりましたが、
彼らの話す言葉は全く分かりませんでした。

　日暮れになって野良仕事が終わった美和伯母さんが、
御成門の前に佇んで遠くを眺めている姿を何回か見まし
た。ある日尋ねました。
「伯母さん、何をご覧になっておられるの？」
「黒塗りの車に乗ってウェルバーが迎えに来るような気が
するのよ。あり得ない話よ。彼は私達を捨ててイタリアに
帰ってしまったのだから」と寂しそうに微笑みました。

　ウェルバーに捨てられたという恨みや悲しみが時とと
もに薄れて、彼を慕う気持ちがいつの間にか強くなり御

成門の前に立ってしまうのだと言っておりました。

　巷では"パンパン"なるものが話題になって碧猪村に
もつたわってきた。しかし美和には東京での慰安所のあ
の忌まわしい出来事は劇中劇のように思えていました。
しかし忘れようとしてもそれが現実だったのだと乳首の
上の小さな傷跡がじくじくと教えてくれるのでした。姪
の千塚子にも妹の芳にも話せませんでした。

　慰安所は開設より７か月後に突然閉鎖になり慰安所で
働いていた彼女たちは何の保証もなしに放り出された。
客を取るために巷で米兵にしがみつく姿を事情を知らな
い人々は、パンパンと呼んで皆白い目で見るのでした。
美和は一人抜け出した後ろめたさを感じて胸がいたむの
でした。心が死んだままでいて、何も感じないでいたな
らばどんなに楽であったろうかと苦しむのでした。

　オペラ『蝶々夫人』では蝶々さんは長崎港の見える丘
に立って、入港する船の名前を望遠鏡で一々確認してい
たのでした。

　ピンカートンが別れの朝に、
「おう、蝶々さん、可愛い奥さん。コマドリが巣を作る
晴れやかな季節になったらバラの花を手に持って帰って
来るよ」という心にもない言葉を残して去って行くので
した。蝶々さんはその言葉を頼りに、３年もの間待ち続
けるのでした。

　ウェルバーは一言の言葉も残さずに日本を去りまし
た。美和にはすがる言葉さえありませんでした。しかも

麓から碧猪村に続く道はところどころ橋が落ち仮橋さえも朽ち果てようとしているのでした。

コマドリは秋になると南に向かって飛んで行こうとしているのです。白い綿毛の腹を見せて「ヒンカラカラカラ」と馬の鳴くような声をあげて去っていくのでした。

「あのコマドリたちは来年も渡って来るのかしら」

ピンカートンがついたような嘘の約束でもいい。何かに縋（すが）りつきたい思いでした。

ある日、伯母の美和に一通の手紙が届きました。

ウェルバーからのもので、それには「妻が亡くなったので正式に結婚できる」という手紙とともにイタリアまでの旅費と必要な書類が添えられていた。

航太郎との慰安所でのあの忌まわしい再会さえなければ美和は日本に落ち着いて余生を送るつもりでいたと言います。しかし航太郎との再会は美和に日本にいてはいけないという言葉が投げつけられたように思えたのでした。

しかし長女である美和が家督を芳に押し付けて日本を発つのをためらっている時、泰次郎の弟・泰四郎が帰還してきました。

カイやマリオにとって日本は安住の地ではないので、最後に美和はイタリアに発つことを決意したのでした。

一方私・千塚子には、父の泰次郎の戦死公報がありましたが、必ず帰って来ると信じておりましたので、叔父に当たる泰四郎が同居することにはあまりいい感じがしておりませんでした。しかし働き手のいない碧小路家に

は必要でした。

　私はもう小学生になっておりました。父が南方へ転戦になるとき、一晩帰宅した父に「お帰りなさい」と言えなかったことをずっと残念に思ってひそかに「おかえりなさい」の練習をしておりました。

　マリオと絹の近親相姦、不倫の子・倖恵は十分な養育費を付けられて遠縁のものに渡されておりました。
　私にも少しずつそのような事情が解るようになって来ておりました。

　美和伯母さんはイタリアに行く前に美山神社にお参りしようと思い立ったのです。
　しかしその道はいつも美和の父・聡一郎に行ってはならぬと止められていた道でした。
　子供の頃一人で行ってみたいと思ったことも度々あったと言いますが、どういう訳か入り口がこんもりとした茂みに隠されていて、どうしてもわからなかったのです。
　ところが聡一郎の死後、荒れるに任せた美山の木立は立ち枯れて美山神社の鳥居が見渡せたのです。鳥居と申しましても石の土台の上に朱塗りのはげた柱が半分崩れて残っているだけでした。

『♪　通りゃんせ、通りゃんせ、ここはどこの細道じゃ
　　　天神様の細道じゃ。
　　　ちょっと通して下しゃんせ。

御用のないものとおしゃせぬ。
この子の七つのお祝いに
お札をおさめにまいります。
行きはよいよい帰りはこわい。
怖いながらも通りゃんせ、通りゃんせ』

　狛犬は苔に覆われてそれと見なければただの石ころのように転がっていたのです。

　小さな社は銅板で覆われていたため辛うじて残っていて、扉を開けますとその扉は崩れ落ちるように足元に落ちました。

　中に踏み込むのをのも躊躇いたしましたが美和はその奥に何やら箱に入ったものを見つけました。

　その桐の箱も美和が取り上げると、ばらばらに崩れ落ちました。中に入っていたのは油紙に包まれた一冊のノートでした。

「これを読む者がいるとは思えないが黙って死ぬわけにもいかず懺悔の書としてここに記す」

　それは美和の父・聡一郎の懺悔の書でした。大正時代の華々しいドイツ留学のいきさつ、下宿屋の息子、ヘーゲル、チュチュとの可愛いい馴れ初め。そして恐ろしいヘーゲルとチュチュの梅毒、チュチュの覚悟の自殺。

　内容は丸山航太郎から聞いたものとほとんど一致していました。しかし聡一郎の苦悩はそこで終わらなかったのです。

　チュチュは梅毒が聡一郎にうつらないように心を砕い

てくれたのに、彼に梅毒が罹患していたのです。

「儂は自分の煩悩と猜疑心にさいなまれてチュチュが寝入っている隙に体を愛撫し唇を吸いそして気づいたのだ。チュチュは梅毒ではないかと。儂を拒む訳が分かった。チュチュが儂を思いやる心情と儂を拒まなければならなかった切なさを思うと、どうしていいか分からなかった。

チュチュの腹の子を救ってやれなかったことが何とも情けなく誠に不甲斐ない。儂はドイツを発つ前に学友・丸山のおかげで医師の診察を受け、まだ初期の段階で望みはあると、薬を処方してくれた。丸山は儂が完全に回復するまで薬を送り続けてくれた。儂は神に誓った。一生涯誰も娶（めと）らない。ここの社（やしろ）に誓紙をささげた。だが儂は誓紙を破った」

美和はそれからの続きを悪夢を見るような思いで読んだ。

あの丸山航太郎の叔父が美和の父・聡一郎の命を救い、美和は聡一郎の娘として生を受けた。つまり航太郎の叔父が美和の命へと繋（つな）げたのだった。

聡一郎の悪夢、悪夢による美和の誕生。美和の悪夢の始まり。聡一郎は梅毒というおそろしい病気にドイツで罹患しましたが、その当時は有効な薬もなく運と体力勝負でした。

日本に帰国しても出戻りの18歳年上の姉にも、家督を仕切ってくれている叔父にも打ち明けずに邸にこもり、精進潔斎（しょうじんけっさい）の生活を送っておりました。

日清戦争にかろうじて勝った日本は、にわか成金や軍人たちが闊歩する世界でした。

一方、碧小路家の遠縁の者にて明治維新の折、公家から子爵の列に加わった者がおりました。

　残念なことに久我山家の当主は肺結核という厄介な病に倒れました。やっと生まれた跡取りになるはずだった男の子も夭折し、女の子だけを残して当主は亡くなってしまったのでした。

　もう男子の後継者は望めないので子爵を返上する羽目になりました。僅かな財産も病の治療の支払いのために、久我山民子、尚子母娘はすべてを手放さざるを得なかったのです。

　そのような落ちぶれた公家はいくらでもいました。民子は日清戦争で財を築いた、大竹家の娘の行儀作法の指導者として招かれたのです。しかし民子の夫と息子が労咳で亡くなったということがわかると、大竹の娘に罹患するようなことがあるかと危惧されて、台所働きに格下げとなりました。

　そこで民子は汚れ仕事もいとわずに立ち働いたのですが、しかしそこで働く女たちからも病気がうつると拒絶されたのです。

　元子爵の女が落ちていく姿が彼女たちには小気味良いことだったのでしょう。久我山民子は聡一郎に救いを求める手紙を書いたのです。娘・尚子が嫁ぐまで納屋の隅でも構わないから置いてくれと書いたのでした。聡一郎は遠縁の民子親子を哀れに思い、屋敷に住まわすことにしたのです。

　碧猪村にやっとたどり着いた民子とまだ10歳ぐらいの

女の子尚子は着のみ着のまま泥にまみれ痛々しいほど疲れ果てておりました。納屋でもいいと民子はいましたが元を辿れば碧小路家の基礎を作った家筋ですから、宿・本陣の上段の間に通しますと、

「この上段の間はあまりにも畏れ多く足を踏み入れることはできません。どうぞ下僕が住むようなお部屋に住まわせて下さい」と民子が願うと、

「久我山家はわが碧小路家にとっても大事な家筋の方でございます。この宿・本陣はもともと大名公卿の方々のために建てられたもの、私たち家族は裏の住居とよばれる建屋に住んでおります。この本陣の建物のお好きな部屋をお使いください。米・味噌、その他、生活に必要なものは蔵から御自由にお使いください。その他必要なものがあればこの作造に申しつけて下さい。私は訳あって精進潔斎をしている身。決して私たち住居には近づかないでください。それだけは固くお守りください」

そういうと足早に立ち去りました。

大名行列の先触れともいえる民子の書状がなければ、みすぼらしい姿でたどり着いた母娘は、本陣の屋敷内には一歩たりとも踏み入れることが許されなかったことでしょう。

聡一郎は精進を続けておりましたが、本陣と住居を仕切るようにつくられた細長い庭の竹垣を隔てて民子と尚子の気配をいつも感じておりました。民子親子も決して庭の止め石（立ち入り禁止を表す石）の先の聡一郎の住む住居には決して足を踏み入れませんでした。

3・11　懺悔の書（二）

　二人の母娘が碧猪村に住み始めて半年を過ぎたころ民子から娘の桃の節句を一緒に祝ってくれと申し出がありました。

　断るのも大人気ないと思い、着のみ着のまま何も持たないで京都から抜け出して来た親子のために、古い雛人形を蔵から取り出しているうちに日も暮れてしまいました。

　民子は簡単な料理と白酒を用意して待っておりました。電気はまだ引いておりませんでしたので、文字通り行燈に灯をともし幻想的な様子でした。

　聡一郎の姉の仕立て直した着物が、尚子にはまだ大きくて、袖口からはひな人形のように指先が少しだけ見えておりました。

「このようにのびのびと過ごさせて下さいまして尚子も１２歳になりました。これもひとえに碧小路さまのおかげでございます」と言う民子も髪を整え頬も幾分膨らと輝いて前よりも若やいで見えました。

　聡一郎は形ばかりの白酒を頂いて立ち去ろうと致しました。

「小父様。帰ってはイヤよ。こうして御膝に抱かれたかったのよ」と言うより早く尚子が聡一郎の膝にすべりこんだのです。これには聡一郎も立ち去ることができませんでした。しかしそれが聡一郎の新たな苦悩の始まりでした。

聡一郎の懺悔の書はそこからインクも薄れところどころ判読がしづらい個所がありました。

　しかし、美和は自分の出自にまつわる、祖母・民子とその娘・尚子（美和の母）の間の忌まわしい確執を読み取ることができたのです。

　一時は花が咲いたように碧猪本陣（あおいほんじん）は明るく活気に満ちあふれました。しかし、尚子の純粋さ、率直さ、民子の元・子爵夫人としての誇り、聡一郎の己を律しようとする強い心と愛情の深さ、それぞれの互いを思いやる愛情や慎み深さがいつまでも消えない悪夢を作り出したのです。

　何故人は人が見せたくないものを見たがり、人が聞かせたくないものを聞きたがり、また折角秘密にしたものを話したがるのでしょうか。

「それは民子と尚子親子が碧猪村にたどり着いてから5年ほどたった秋も深まり始まり、よく晴れた日のことだった」と聡一郎は懺悔の書を続けている。

「儂は日課になっている修行を兼ねた山や田畑の見守りを馬に乗り一通り終えて縁側で座禅をした。縁側は外の世界と内とをつなぐ廊下としても気軽な人との交歓の場にもなりえる板張りの空間だ。

　風が立ち始め、陽が傾いてきたので座敷に下がりそこでも座禅をしていたがいつの間にか横になり腕枕でうとうととしていた。障子は開け放したままでおった。すると裏庭の崩れかけた土塀から何かが入ってくる気配がした。

　時々狸や狐、時には猪まで庭先まで現れるようになっ

ていたので、儂は木刀を脇に引き寄せ何者かが忍び寄るのを待っていた。

　足音を殺してやってきたのは尚子だった。

　そこに、手枕で横になっている儂を見つけ尚子はぎょっとした様子で立ちどまった。

「なんだ、小父さまそこにいらっしゃったの！　驚かせようと思ったのに」

　尚子はちょっと不服そうに小鼻を膨らませた。

「びっくりしたよ。ほら見てごらん。何者が現れるか待っておった」と木刀を見せた。

「まあ、木刀ですって。私の方がびっくりしたわ。こんなり胸がどきどきして本当にこんなにドキドキしているわ」と言いながら廊下から這い上がって来て、儂の手を取り尚子の胸の上に置いた。

「ねえねえ、本当にドキドキしているでしょう。いやだ、どうしよう。病気かしら、胸が苦しいの」

　尚子は横になっている儂に絡むように身を寄せてきた。儂は不意をつかれた。

　尚子は来春、高等小学校を卒業して１５歳になる。この村におかっぱ頭で到着したかわいらしい顔立ちは、半分女の顔になっていた。

「おじさま、覚えていらっしゃる？　私が約束したことよ。小父様に男の子を産んであげると約束したでしょう。この屋敷はあまりにも寂しいわ。たくさんの元気な男の子を産んで賑やかな家にしたいのよ。もう私、子供も産めますのよ」といって尚子は儂の上に乗り唇を寄せ

てきた。

「元気な男の子を産みたい。小父さまのようにやさしくて素敵な子」

儂は10年間築いてきた鉄壁な結界をこの小さな女の子の一撃でその一角を崩された。

むろん言い訳などしたくない。民子に尚子との結婚の話をするつもりだった。だが全く面目なく何と民子に話をつけようかと悩んでいた。

その間にも、この可愛い訪問者は時々忍んで来ては他愛のないおしゃべりをして、ままごとの様な交わりをして帰っていった。

「私には２つ違いの俊太郎という弟がいたわ。久我山家の次の当主になるはずだった。でもお父さまは労咳で寝込まれてからすぐに俊太郎は死んでしまったのよ。お父様もお母様もお嘆きになり、何としても男の子をもうけなければ爵位を返上しなければならなくなり、この家は断絶してしまう。家も何もかも全てなくなってしまう。お母さまは病気で伏せっているお父さまのもとに忍び込んでは『子種を頂きたい』と毎夜、交わりをなさっていたの。お父さまは妻の民子にこの病気をうつしてはならぬと、お母様に唐草の風呂敷きをかぶせ、お父様は手拭いを口に銜えていらっしゃった。やっとお母さまは身籠られて晴れて男の子を生んだ。

でもやっと授かった男の子もお七夜を待たずに死んでしまったのよ。お父様もお母様もお嘆きになり、その内お父様が亡くなり久我山家は断絶してしまったの。それ

からのお母さまの苦労は並大抵のことではなかったわ。それもこれも男の子がいなかったから」

　尚子はませた口調で語った。

　儂はこの小さな訪問者を心待ちしながら、一方では一日でも早く民子から尚子との結婚の許しをもらわなければならないと思っていた。

　一日延ばしにしていたが正月前に解決せねばと、意を決して民子と会うことにした。尚子に聞かれたくなかったので、夜遅く訪ねると伝えていた。

　桃の節句の時のように簡単な膳が並べてあった。白酒の代わりに酒が用意されていた。

　ことが事だけに儂はなかなか言い出せなかった。酒だけが進んだ。民子の目元がほんのりと色づいて艶めいていた。この本陣に到着した時には40歳前後かと思ったが、話からここに着いた時はまだ32、3歳だったと分かった。「爵位を返上してからは周りの者はみな掌を返したように冷たくなりました。国からの爵位を保つためのわずかばかりの援助もなくなり、夫の労咳の治療費が嵩み、家も屋敷も奪われて」と民子は言葉を詰まらせた。「借金のかたに私もとられたのでございます。蔑まれ弄ばれそれは地獄でした。それにひきかえこちらに参りましてから数えきれないほどのご温情を頂きまして、なんとお礼を申し上げたらいいのかわかりません。尚子を高等科まで通わせて頂きまして」

　民子にも酒がまわったのかいつもより冗舌だった。

「でもここに参りまして分かりました。甚振られるよりも蔑まれるよりも辛いことがあるのでございます。いつまでも華族の世界におりましたらこのようなことには気づきませんでしたでしょう。下々の世界に落ちたからこそ、人の情けの有難さがわかるようになったのでございます。

　しかし貴方さまの優しさが私の首を真綿で締めるように苦しくさせるのでございます。野良仕事もできず、貴方さまの身の回りのお世話も許されず………」と民子は苦しそうに身悶えするのでした。

　儂も民子も成熟した大人。それが何を意味するのか分からないはずはなかった。夜ふけに民子のもとを訪れるということは、止め石を跨いで来たということは、そのことが民子に誤解を与えてしまっていたのだ。尚子に聞かせたくないという儂の浅はかな配慮が民子に誤解を与えたのだ。このまま帰れば誇り高い民子を傷つけることになる。しかし、しかしそれでは母と娘二人に情けを懸けるということになる。儂は茫然と立ちつくした。

　躊躇している儂に、
「すぐにそこを去るのだ。去るのだ。今までの精進は何だったのだ」と叱る天の声がした。
「寒中の滝行は何だったのか、炎天下での大岩での座禅で貴様は脳天を焼いてしまったのか」

　しかし儂は立ち去ることができなかった。民子がそっと身を寄せて来た。欄間の竜の彫り物頭が動いて目を剥いてこちらを睨んだ。

儂が尚子の結界を崩さなければ儂も持ちこたえて黙ってそこを去ることができたであろう。しかし堰を切られた川のように一度放たれた儂の激流は鍛え抜いたはずの精進を一瞬のうちに押し流した。

　儂の尚子も娶る{めと}という決意に変わりはなかった。
　しかし、その夜以来民子と顔を合わせるのがきまり悪く、とうとう正月も過ぎてしまった。まだ松の取れない夕暮れ時に民子が一通の手紙を置いていった。
「尚子が懐妊いたしました。貴方様に尚子を娶るご意思があるならば早々に結婚式をあげて頂きたい」とだけ書いてあった。
　もちろん儂に異存はあるはずはなかった。40に近い男がこのように若い娘を嫁にとるのは面はゆい。
　久しぶりに御成門を改築し陣屋の襖や障子の張り替え、屋敷は活気を帯び華やいだかのようだった。
　すでに明治も末期になっており碧小路家にも光がやっと差してきたのです。

　その婚礼の日には近郷の村人ばかりでなく、県知事や華族などが羽織に威儀を正した人々の列がまるで大名行列のように御成門を潜って来たのでした。屋敷の外には篝火を焚き屋敷内には行燈や蝋燭で真昼のように輝いておりました。
　花嫁席に座った尚子は朱の袴に十二単、それに小桂を重ねてまるで雛人形のようであった。しかし下座に座っ

た民子を見て儂は驚愕した。民子の頭は真っ白になって
おり、小さく縮んだ体はまるで別人のようであった。村
人の無遠慮な噂話。

（聡一郎と民子はとっくにできていて、今度の婚礼は民
子が孕んだせいだ）を打ち消すにはこれ以上確かなもの
はなかった。

　世間様は納得し婚礼は無事に滞りなく済んだ。儂の気
力体力ともに充実し今まで避けていた政治にも乗り出し
始めた。

　需要の増した木材を運び出すには林道の整備が欠かせ
なかった。

　製材所の建設、それらを動かすための発電にもやはり
政治力が必要だった。10年間、山々を巡っての修業は農
民や官僚に具体的な改革案を示すことができた。

　儂の学友たちも丁度官僚として力を伸ばしてきて、話
は順調に進みだした。

　16歳になった尚子は儂の嫁となり儂の住居に移り民子
は本陣を守る形で一人残った。

　一つ気がかりだったのは民子のあまりにも激しい老け
方だった。それに尚子のあの小鳥のようなお喋りも、子
犬のようなじゃれ合いも全くなくなった。儂はそれを尚
子が妻として健気に務めを果たしているからだと思って
いた。

　尚子は月満ちて美和を生んだ。
「ごめんなさい男の子でなくて」
　それが尚子の開口一番の言葉だった。

「次があるさ」

　儂は呑気に構えていた。

　尚子は２人目も３人目も女の子を生んだ。そして同じことを言った。

「ごめんなさい男の子でなくて」

「次があるさ」とまた同じように儂は答えた。

「御免なさい。もうわたしは駄目かも知れないわ。男の子を一人も産めずに逝くなんて……。実はね、お母様も聡一郎様の子を身籠ったことがおありなのよ。私が最初の子、美和を身ごもった頃よ。お母さまはあの美山神社の泉に身を浸し、お子をお流しになったの。私が早まって貴方様の処に行かなければお母さまは立派な男の子をお産みだったかもしれない」

　儂はなんのことかわからなかった。

「あれは婚礼の10日前でしたわ。御成門が完成したころよ。私は大工達が来る前にとお堀の周りの掃除を済ませようとしていた。お堀の水が緩んで、数匹の鯉が何かをついばんでいた。気味の悪い血の塊のようなもので、私は屋敷内に走って入り、数日来、床に伏していた母を呼んだの。母は出てくるとギョッとして私に『見るではない』と強い口調で言った。しかし私はその血の塊のような紐に繋がっている一寸五分ぐらいの赤い人形のようなものを見てしまった。母は竹箒で鯉を追い払おうとしたが、逆に新たな鯉が数匹現れて、人形の様なものを引きあって、たちまち食べつくしてしまった。あれはお母さまが、美山の泉でお流しになった御子だったのよ。男の

213

子だったかもしれないのに、私が通ってはいけない道を通り、潜ってはいけない裏の崩れた土塀を潜って、婚礼の前にあなたさまのところに通わなければ良かったのだわ。お母様の方がきっとお役目を果たせたわ」

　それが尚子の最期の言葉であった。

　儂は次々に３人の娘にも恵まれ県議会から国政へと県民に押し上げられ、その日は金バッジをつけて初めて赤絨毯を踏むために上京する日であった。

「何を言っているのだ。帰ってから聞く」と振り返って見た尚子の顔は真っ青だった。外には書生やら車曳きやらが待っている。儂の心は逸りか細い声で何やら訴えている尚子に、不快感さえあらわにして書生たちを連れて出発した。

　無事金バッジを付けて赤い絨毯を踏んで滞りなく議会も予定されていた日程もこなし、儂は晴れて議員として地元の祝賀会に出席することになった。

　もうその日は日も暮れ始めていたが、長年の習慣で御成門に人力車を乗り付けるのは憚られ、手前で人力車をおりた。目に入ったものが祝賀の紅白幕ではなくどう見ても黒と白の幕だった。儂は何度か眼をこすり書生に、

「儂にはあれが黒にしか見えないがお前には何色に見える？」と尋ねた。

「はい、私には葬式用の白と黒の鯨幕に見えます」と答えました。

「冗談にしても酷過ぎる。誰が何のためにこのような
たずらをするのだ！」

　御成門に近づくにつれてそれは紛れもなく葬式用の鯨
幕だった。

　ひょっとしたら儂の妻になった尚子の母親・民子が死
んだのかも知れない。しかし民子もまだ42、3歳。容色の
衰えが顕著だが体に異常があるとは聞いていなかった。

　儂の姿を見つけると村の女衆たちが目を赤く泣き腫ら
して御成門から出てきて尚子が死んだと告げた。
「昨夜、若奥さまは亡くなられたのでございます」

　今度はその女は御成門の内にいた民子に向かって言った。
「鯉の生き血を若奥様に飲ませれば助かっただよ」

　屋敷を囲むお濠には美山の泉から湧き出る清流に育ま
れて鯉が泳ぎ回っている。
「何回も大奥様にも若奥様にも勧めただよ」

　しかし民子には娘に飲ませることができなかった。た
とえ勧めても娘の尚子は口にしないはずである。

　それは聡一郎が長い蟄居生活から脱却してまだ国民高
等学校に通っていた少女・尚子との結婚の決意を固める
ための御成門の改築を始めた時のことだった。

　屋敷を囲む堀の水が温みだし鯉がゆっくりと泳ぎだし
ていた。体調を崩していた母の民子の代わりに、早朝に
門周りを掃除していた尚子は鯉が赤い紐がついた何か人
形のようなものを口にし始めたのを見た。

　するとほかの鯉も寄ってきて引っ張り合いを始めた。
悲鳴を上げた尚子の声で出て来た民子は「見るではない」

と尚子の目をふさいだ。

　その時の尚子は何のことかは知らないでいたが、聡一郎の子を産むたびに、その時の光景がまざまざと蘇りその意味を悟っていった。あの赤い人形のようなものは民子が美山神社の泉で身を浸し流した水子だったのだ。その為に母・民子の自慢の黒髪は一夜にして白髪になり寝込んでしまったのだ。

　それは母娘二人だけの暗黙の秘密の了解であった。
　聡一郎は全くそのような事情があるのを知らない。
　ただ尚子の予期せぬ死を聞いて呆然としたまま村の女たちの話を異国の言葉のように聞いていた。

「心臓が悪かったから医者様にもう子供を生むなと止められていたと言うではないか」と非難するように云う者もいた。
　まるで何かに呪われているように繰り返される悪夢。精進潔斎の日々をあざ笑うかのようなこの仕打ち。儂は神罰を受けているのだろうか。神罰といえば美山神社に誰も娶らないと差し出した誓紙を反故にしたことか？
　イタリア人留学生チュチュの献身的な愛情を踏みにじり、男の子を産んであげると言った15歳の少女を抱き3人の子を産ませて、死なせたことか。
　尚子はその時まだ20歳だった。あまりにも予期しない出来事に儂はまた腑抜けのようになりそうだった。
　しかし走り出した国政の仕事もある。3人の娘もい

る。もう立ち止まることはできない。

　３人の娘を民子に託し国会と自宅との往復に明け暮れていたそんなある日、帰宅した儂の耳に長女美和の歌声が聞こえた。近くに寄って聞いてみるとそれはオペラのアリアの一節でしかも原語で歌っていた。

　そこで儂はあることを思い出した。美和の母・尚子が子守歌を歌っている時だった。小声であったがその伸びやかな声は今でも儂の耳に残っていた。

「もう一度大きな声で歌ってごらん」と尚子に言うと、「この子が起きてしまいますわ」と寂しそうに微笑んだ。「学校の先生が言いましたのよ。私のように高い声が楽に出せる子はオペラ歌手になれるのですって」

　そうだ尚子はオペラ歌手になれたかもしれないのだ。尚子は儂に夢を語っていたのだ。唇を儂に寄せてきたのは尚子だ。しかし何ということだ。まだ15歳の少女を儂は抱いた。三人の子を産ませ死なせてしまった。尚子の代わりに美和をオペラ歌手にする。それが尚子に対する贖罪だと思った。こうして儂は美和にオペラ歌手になるための教育を始めたのだ。

　またしても健気な女を犠牲にしてしまった。ここに尚子の鎮魂を願って贖罪（しょくざい）の書とする。

　日付は大正となっておりましたが、年月までは鮮明でなかった。美和が聡一郎の、懺悔を書き記した古びたノートを小さく破り捨てて空に放れば、それはたちまち砂塵のように舞い上がり、竜のように連なって山のかなたに消えたのでした。

亡国の
聖女の罪と罰
第 四 部

一人でも帰れない兵隊さんがいたら、
その戦争は終わりでないわ、そうでしょう。

第四部

4・1　ヴェネチアで

　大戦後数年経ったヨーロッパは長い戦いの恐怖と抑圧から解放され、観光ブームが始まっておりました。
　しかしイタリア南部はアメリカに、北部はドイツに占領され、その上パルチザン（非正規軍）もいて、同国人同士が複雑に入り乱れて戦ったという苦い経緯があり、復興は遅れていた。
　しかしそのような事情にお構いなしにアメリカ、ヨーロッパから観光客がイタリアになだれ込んで来ていたのでした。

　２人の女がヴェネチア（venezia）のホテルの小さなカウンター越しに諍いをしておりました。

　その日、アクアアルタと呼ばれる高潮が発生していたのでした。
　急にシロッコ（scirocco）と呼ばれているアフリカから地中海を越えてイタリアに吹く暑い南風が、ヴェネチアでは時々発生するアクアアルタ（高潮）を発生させ、水位を押し上げて水の上につくられた都を水浸しにし始まったのでした。
　その時はさすがのヴェネチアっ子も肝を抜かすぐらい

早いスピードで水位が上がりヴェネチアはリド島はじめ本島まで水浸しになったのです。

　ネズミが難破船から逃げ出すように水の上に造られたホテルから観光客が逃げ出して、乾いた土を求めてサンタルチア駅周辺はみるみる観光客で溢れかえってきました。

　カウンターの中の女は苦労の跡を刻みこんだような眉間の皺をさらに深め、西洋人とも東洋人ともつかぬ顔立ちを歪めながら、ミラノアクセントのイタリア語で、
「なんて言えば分かってくれるかしら、ほら見てごらんなさい、あとからあとから駅から引き返してくるでしょう。スイス方面は雪崩が起こって電車は一本も出ないわ。それに島のどのホテルも水浸しよ。この電車の駅近くのホテルだけがアクアアルタから逃れられているのよ」
「でもシングルベッドにばあやと一緒に寝ることなんかできないわ」
　こうやって諍いをしている間も客がどんどんとホテルの古びたドアを開けて入って来る。カウンターの女は投げやりに客に手を振って追い返していた。ばあやといわれている女はもう絶対に動くものかと椅子に手足を投げ出して２人の女の成り行きを見守っている。
　カウンターの外の女は薄緑のスーツに帽子を上品に被っているが、金髪の巻き毛はべっとりと汗で額に張り付いて、女はそれをうるさげに掻きあげながらくどくどともう少し広い部屋を取ってほしいと頼んでいた。
「あなたたちのために若い男の宿泊客を追い出して一部屋

221

あけてあげたのよ。厭なら何処でも好きなところに行けばいいのよ。この通りいくらでも新しい客は入ってくるのよ」

　カウンターの中の女はうんざりしたように言葉を投げ捨てた。

「どうしてこんな目にあうのかしら。薄汚いシングルベッドにばあやと寝るなんて、音楽学校の藁のベッドの方がまだましだったわ」と、薄緑のスーツを着た女はドイツ語でつぶやいた。

「オルニーニ音楽学院の」

　今までイタリア語でまくしたてていた女がドイツ語で言った。

「オルニーニ音楽学院の藁のベッド！」

「あなた、あなたなのね！　貴女は美和でしょう。美和よね！」

　２人は言い終わらないうちにカウンターの上に身をのり出して抱き合った。美和とミレーヌはなんと20年ぶりの再会だった。美和はホテルの入口のドアに鍵をかけた。

　その晩ばあやは藁のベッドで一人大の字になって寝て、ミレーヌと美和はロビーで一晩中語り明かした。

　美和はイタリアに再び来た経過を話し始めた。

　美和とミレーヌの話は、互いに自分の夫の話になると顔が赤らむようなことまで話し年増女になったり、いつの間にか20歳の出会ったころの少女に戻ったり話が前後した。

「ウェルバーとリビアで偽りの結婚式を挙げて、10年近く中近東を回っていたの。ウェルバーの任務で日本に戻って一年だったかしら、彼が突然イタリアに帰国してしまったのよ。捨てられたと思ったわ。捨てていったのよ」
「美和、ウェルバーはなんてひどい男なの」
「その上イタリアのドーチェ（統帥）と呼ばれ国民に愛されていたムッソリーニが処刑され逆さ吊りにされた写真を見て、ウェルバーも到底生きているとは思えなかった。それで私は日本に落ち着くつもりだった。

　山羊や羊を飼って農作業をしたのよ。でも日暮れになるとウェルバーのビーバーのような前歯をした笑顔が浮かんできて、ふもとの道を彼が登って来るような気がして」
「そうなのよね。女は男を恨みながらも最後には愛してしまうものなのよね。求めてしまうものなのよね」
「第２次世界大戦が終わって、ウェルバーから手紙が来たの」
『ムッソリーニの要請により日本からイタリアに渡ろうとしたが、その時はドイツがポーランドに侵攻したため英仏がドイツに開戦を宣言、日本・イタリアの就航船は中止されたため、イタリア大使館の関係者とともに日本の輸送船に乗船したが、途中で拿捕され捕虜の身になってしまった。やっと帰国してイタリア本土の土を踏んだが、妻はすでに死亡していた。亡くなった妻には悪いが、これでやっと美和と正式に結婚できる。美和とマリオの旅費を送るのでイタリアに戻ってきて欲しい』という内容のものだった。

「私は、大戦で焼け野原になった銀座での特殊慰安施設で航太郎とのあの間の悪い再会がなければ日本で静かに余生を送るつもりでいた。しかしジェノヴァのホテルで航太郎に言われた『二度と日本の地を踏ませない』という言葉が蘇り、やはり日本に住んではいけないというような気がして私は飛び立つようにイタリアに渡ってしまったの。いざミラノで結婚式を挙げようとするとウェルバーの息子たちが現れて、

『美和、貴女は母から父を奪った。母が亡くなっても、それは許されるものではない。もし正式に結婚をする気ならば貴女をパスポート偽造で訴えます』とまで言ったの」

「まあ、何という事なの」

「彼らの言うことには一理あるわ。

『わかりました。あなた方のおっしゃることは道理にかなっております。今迄の非をおわび申し上げます』と私は素直に謝ったの。その時、ウェルバーの次男がマリオを見つけて、

『兄さん、ほら見てごらん、この子は兄さんの若い時にそっくりだよ』と言ってくれたの。ウェルバーは年をとりマリオを認知するのが精いっぱいの誠意だった。マリオは私生児から庶子になった。半年もしないで、私は愛人のままウェルバーと死別した。その後はこの通りよ。ここで働いて、生きていくのが精一杯」と美和はミレーヌに言った。

　ヴェネチアからジュネーブ、そこから小さな城に移動する間も２人は今までのことを語り合った。

4・2　月夜のナイトガウン

　ミレーヌとクロードの結婚生活は冷たいものであった
という。しかし皮肉にも戦争が２人の関係に均衡を与え
た。

　ミレーヌの兄は銀行業を嫌ってアメリカに音楽の勉強
をするために行ったきりで、必然的にクロードがミレー
ヌの父の銀行業を継ぐことになりその業務で忙しかっ
た。戦争が終わってみるとその問題が再び浮かび上がっ
てきた。

　ミレーヌの両親はすでに他界していて、２人の夫婦間
を微妙にしているものがもう一つあった。それはチェコ
から亡命してきたシェルベスター一家であった。

　スイスで銀行業といえば永世中立国であるスイスを信
頼してくれる各国の王族、貴族、富豪の資金を保全・保
管するのが主な仕事であった。

　シェルベスター一家とは曽祖父の時代からの長い信頼
関係があった。しかしドイツがポーランドに侵攻して、
厳しい亡命の途中でシェルベスター氏は亡くなり夫人と
２人の子供が身を寄せてきた。

　傷心のシェルベスター夫人は健気にもチェコやポーラ
ンド、オーストリアなどから亡命してくる貴族やユダヤ
人の力になっていた。

　彼女への信頼からミレーヌの親の「モンテ・ローザ銀
行」は上等な客を得ていた。またシェルベスター夫人は
チェコにいた時は病弱な夫に代わって屋敷を切り盛りし

ていたせいか金融にも詳しかった。いつしか彼女はミレーヌの夫クロードの右腕になっていた。

　ある夜ミレーヌはナイトガウン一枚を羽織って夫の寝室に入った。
「何か用かい？」とクロードはベッドの上で言った。
「妻の私が入ってはいけない部屋だったかしら」
「そのようなことはないさ。いつだって自由に出入りできるさ」とクロードは山のような書類を膝の上にのせたまま言った。
「決算書でも持ってこないといけなかったかしら？　私には数字の行列は意味がないことですけど。あなたにはナイトガウンの妻が見えないほど大事なものなのね」
　クロードはやっと書類から目をあげて妻のミレーヌを見た。
「きれいだよ」とクロードは言ったが書類は依然として彼の膝の上に置かれていた。ミレーヌは昨夜のクロードとシェルベスター夫人との意味ありげな目配せを思い出した。
「夕べ、パーティーにご出席頂いた方々を貴方と私で玄関ホールでお見送りしている時に、シェルベスター夫人が私たちを悲しげに見つめていたわ。そして貴方はそれに頷いていたわ。そう、時々あなた方は何か意味ありげに見つめ合っていた。私はずっと前から気づいていたのだけど、いいのよ。私だってシェルベスター夫人が好きだもの。貴方が好きになるのも仕方がないわ」

ミレーヌは思ってもいなかったことを口にした。これで夫のクロードと決定的な破局を迎えるのだと思った。日中は汗ばむほどの陽気だったのに、スイスの秋は一日であっという間に指先まで痺れるような冷たさをもたらした。暖房を入れておくべきだったと悔やんだ。

　何をしに夫のもとに来たのだろうか？　薄いナイトガウンを羽織っただけの姿で。心も体も離れた夫を誘惑しようとでもしているかのように。ミュールさえも履いていない。

「そこに入ってもいいかしら？」

　ミレーヌは寒さに抗うことができずに言った。

「もちろんいいとも」と言って少しだけベッドの左に寄って空きを作ってくれた。ミレーヌはそっとベッドの端から下半身をすべりこませた。

　しかし夫との間には厳然と書類の山が横たわっていた。

「この要塞のような書類の山は私から身を守るためのものなの？」

「許してくれ」

「何を許すの？　シェルベスター夫人のこと？」

「違うのだ。何というのか、実は、言いにくいことなのだが」

「構わないわ。夫婦なのですもの」と言ってしまってから、このまま夫がシェルベスター夫人との関係を認め、別れることになるのかと思うと、身を削がれるような寂しさを覚えた。

「笑ったり哀れんだりしないでおくれ。僕は駄目なのだ。

その、あれなのだ。不能なのだ」

　ミレーヌは思わず微笑んでしまった。

「そうだったの。それで悩んでいたのね。あなたが私を避けるのは私を嫌いになったからだと私も悩んでいたのよ。でも女はやさしく抱きしめてくれるだけでうれしいものなのよ」

「何度君を抱きしめたいと思ったことだろうか。君のふくよかな胸の谷間に顔をうずめたいと何度思ったことだろうか」と言うと書類の山を崩してミレーヌを抱き寄せた。

　ミレーヌの話を聞きながら "das paar"（夫婦）はなんと美しく優しい響きのドイツ語なのだろうかと美和は思った。ルイジと一対の女雛、男雛のようにパーティーの席で並んでいてもそれは偽りの姿であった。

　その月夜の触れ合いはミレーヌに夫クロードの体調の悪化を知るきっかけを与えた。

　ミレーヌがクロードのベッドに滑り込み手を伸ばすと彼の胸の肋骨が手に触れた。

　いつもは白いワイシャツとスーツの下にきっちりと隠されていた彼の肉体はミレーヌに彼の衰えを伝えた。

　第二次世界大戦の激動はクロードに激務をしいていた。戦後も政治的駆け引きや技術革新の波に洗われ病に気づきながらもクロードは仕事を続けなければならなかった。

「ミレーヌ、僕は君のお父さんから預かったこの銀行を潰すわけにはいかなかった。幸いシェルベスター夫人の尽力で息子のトマスに無事に銀行を引き継ぎさせることができそうだよ」

「私は彼の言葉に言葉を失ったわ。私は自分の殻に閉じこもっていた。戦争ばかりではなくオペラ界でも銀行界においても人間の行為とは思えないような残酷さがあり、勝ち残った人間ばかりが生き残っているのよ。私はきれいごとを言いながらヨハネスと一夜の情事で自分の心の闇を知り自分の殻に閉じこもって、夫のクロードの苦悩を知ろうともしなかった。知った時はもう手の施しようがなかったの。それから一年もしないで彼は亡くなったの」

4・3　カイの話（ハーメルンの笛吹き）

　悲劇の数だけ終戦は人々に喜びと開放感を与えました。
　死んだ者は忘れ去られて、焼け落ちた建物は再建され、爆撃機の爆音の代わりに、渇きをいやす水のように音楽が巷に鳴り響きました。
　ミレーヌの「神の手村」の小さなお城に、美和たちが移り住んでからもう２年が過ぎようとしていました。
　ミレーヌと美和は台所でジャガイモの皮をむきながらも、羊の世話をしながらもあの学生宿での別れからの出来事を次々と語りあいました。
「クロードがもし貴女に会えたら、詫びたいことがあると言っていたの。亡くなる半年前だったわ。
『もう美和に会えるとは思えないが、会えたら詫びてくれ。恥を知れとと言ったのは彼女、美和だった。ミレーヌ、僕はお前を失いたくなかったから、咄嗟に嘘をついてしまった。僕は恥知らずだ』
　私は美和、あなたを信じていたわ。でも学生宿であんなことを言ってしまった」
「いいのよ、もう済んでしまったこと、クロードの小さな嘘だったのね」

　ミレーヌの好きな話は『褌をはいた特高』であり、美和の好きな話は『月夜のナイトガウン』でした。
「ミレーヌ、聞いてもいいかしら？　私たちもう大人なのだから。月夜にナイトガウン一枚でクロードの寝室に

入った時のことよ。クロードは、あなたをベッドに入れてくれたわね。その後どうなったのかしら？」

「いやだわ、そんなことまで聞くの？」

「だって気になるわ」

「そうね、私たち大人なのですもの。と言うより私、おばあちゃんになるのよ。ほんとよ。私の息子トマス・ギルバートとシェルベスター夫人の娘との間に赤ちゃんが生れるの」

「まあ〜、なんと、おめでたいことなのでしょう。私がマリオたちを連れてここへ来て、最初の年に２人は結婚したのよね。月日の経つのは何と早いのでしょう。私達がおばあちゃんになるのも当然のことよね」

　ミレーヌと美和のおしゃべりはいつ果てるともなく本筋から離れ、枝から枝へと続くのでした。

　しかしどれが本筋でどれが脇道なのでしょうか？　女のおしゃべりはともかくとして、この世界中を巻き込んだ第２次世界大戦は本筋だったのでしょうか？

　この大戦が本線ならば今のこの平和な世界は脇道なのでしょうか？

　ハーメルンの笛吹き男の笛に導かれてネズミは次々と海中に没して行きました。今笛を吹いているのは誰なのでしょう。

　何処へ導こうとしているのでしょう。ハーメルンの鼠と同じ運命になると知りつつ私たちは何処へ突き進んで行こうとしているのでしょうか。

そうこうしているうちに、ミレーヌの息子に男の子が生まれました。

　ミレーヌは祝いのためにジュネーブの本宅に愛車に乗って神の手村の山を下りました。

　小さな城とはいえ石造りの城は底冷えがして、その夜は３人だけなので家族用の食堂の暖炉の前で思い思いに寛いでおりました。

　美和は羊の毛を紡ぎマリオはミレーヌの兄の残したギターを弾きカイは木片を彫っておりました。

　そして突然カイが話を始めました。

「美和さん、僕の話を聞いてください。僕は美和おばさんがマリオのお母さんとは今まで知りませんでした。僕がこうして毎日毎日木彫りをしているのは、ぼくのお母さんの面影を忘れないためです。でも、それが美和おばさん、貴女に似てきてしまうのです。昔を思い出し、母を思い出しその面影を彫ろうとしても、どうしても貴女の顔になってしまうのです。僕の母の面影は消えました。そしてマリオのお母さんの顔になり、あなたの顔はマリア様の顔になりました。美和おばさんがマリア様なのかマリア様がおばさんなのか、きっと僕の母もマリア様に似ていたのでしょう。この像は美和おばさんに差し上げます。ただ僕は父母の名前も忘れたくないのです。僕が忘れてしまったら父や母がこの世にいたことさえなかったことになってしまうように思えるからです。僕が覚え

ている限り父も母も僕の中に生きております。僕の母の
名前はガガ、父の名はグガ……」
　カイは兄の名、姉の名そして友達や山や川の名を覚え
ている限り唱えました。そして悲しげに続けたのです。
「僕は間違って覚えているかもしれません。でも誰も直
してくれる人がいないのです。それが一番悲しいのです。
僕がすべてを忘れてしまう前に聞いて下さい。僕が７歳
の時でした。どこかの兵隊たちがやってきて村の者を皆
殺しにして行きました。僕は耳を撃たれました。僕の上
に覆いかぶさっていた母も撃たれました。生き残ったの
は僕だけです。イタリアの兵隊が通りかかって、僕を見
つけて駐屯地に連れて行ってくれて、治療をしてくれま
した。しかし僕の右の耳は全く聞こえず、左の耳も耳元
で話してくれれば少し聞こえるぐらいです。ですが銃声
が聞こえると心臓が止まるほど体中に響いて怖いのです。
でも、お腹が空けば兵隊の残したものを漁って食べるほ
かなかったのです。ある日僕はイタリア移民の家の庭で
籠に入れられた赤ん坊に会ったのです。赤ん坊は僕を見
ると両手をあげて抱いてと言わんばかりに笑ったのです。
僕は赤ん坊を見るのが楽しみになりました。いつも籠に
入れられ庭に放りっぱなしになっていたのです。それが
マリオです」
　美和はびっくり致しました。カイがこのように立派に
イタリア語を話せると思ったこともありませんでした。
美和はカイを力いっぱい抱きしめました。
「あなたがマリオを守ってくれたのね。ずーと見守って

くれていたのね。ありがとう。きっとあなたのお父さん
もお母さんもあなたを見守っていてくれているわ」

　美和は突然数十年前の碧猪村でのひな祭りの夜の光景
を思い出しました。ある時までは美和は祖母の民子を母
同然に慕っておりました。
　それは美和が10歳ぐらいの時の雛まつりの季節でし
た。妹の芳や絹はすぐに雛壇の飾り付けに飽きてしまい、
ままごと遊びを始めてしまいました。美和だけが祖母の
民子の役に立つことが嬉しくて、大人びた口調で言いま
した。
「おばあさま、私大きくなったらお父さまに男の子を産
んで差し上げるの」と、言ったその瞬間、
「そなたまでそのようなことを言わしゃるのか！」
　民子は言いながら美和の頬を長い良くしなる手で打っ
たのです。美和は何が起きたのかわからずに、泣き声を
あげるのも忘れていました。
　２人の妹がその光景を見てわっと泣き出しました。頬
に民子の指跡がついておりました。
　その夜、民子は帰宅した父・聡一郎に畳に額をすりつ
けて平謝りしているのでした。聡一郎は、
「躾は親の務め、母のいない美和にはそなた様が親代わ
りだ。気になさるではない」と申しました。
「いいえ、私は美和に嫉妬をしたのです。嫉妬をして思
わず逆上して叩いたのです。私がここにお世話になって、
初めての雛祭りのとき、娘の尚子が同じことを申したの

です。

『おじ様、ここは寂しいわ。私が元気な男の子を産んで差し上げますわ』

その娘の言葉で私は貴方様をお慕い申してしていることに気づきました。それまでは貴方様の気配やお声など陰ながらお聞きして満足しておりました。私の心の中に邪悪な魔物が住み着いたのです。しかし、貴方様の元に行こうとすると、あの庭の止め石が私の足を留めるのでした。何と恥知らずな事でございましょう。貴方様が尚子との結婚の許しを得にお出で下さったとも知らずに、私はあなた様におすがりをしてしまいました。尚子の懐妊を知った時、私の体には貴方様の子が宿っておりました。私は美山の泉で心を鎮め貴方様のお子を流しました。しかし私の心の中の邪悪な魔物はいくら鎮めようとしても私ばかりでなく尚子までも苛みました。娘の尚子はわずか20歳で美和たち３人の娘を残し亡くなりました。私は恐ろしいのです。孫の美和まで魔物の餌食にしそうで」

「馬鹿なことを言うではない。民子様、それはあなたの一時の気の迷い。尚子は心臓が悪かったのだ。それを気づかぬ儂が悪かったのだ。詫びなければならないのは儂のほうじゃ。あの止め石は儂の足を止めるために置いたものだ。ドイツでわしは恋人を死に追いやってしまった。二度と娶らぬと自戒のために置いたのだ。しかし儂は貴女様との一夜を決して後悔はしておらぬ。しかし、貴女と尚子を苦しめたことを幾重にも詫びる」と今度は、聡

一郎が畳に額を擦りつけて詫びているのでした。

　その時立ち聞きしていた幼い美和にもちろん理解できる話ではありませんでした。あの聡一郎の懺悔の書を読んで分かったことです。

　　母・尚子の面影は写真でしか知りません。結婚式の尚子の顔は美しく雛人形のように悲しげでした。
「お母さまは何を話して下さったのでしょうか。それを覚えていないことがとても悲しいわ。御婆様も可愛がって下さったことでしょう。あの雛人形の日までは。自分の愛する者を娘に譲り、一人泉に身を浸しご自分の子を流されたお苦しみ。今ならわかりますわ」

　美和は祖母・民子との今までの蟠りをカイによって癒されるような気がしました。

　カイとマリオ、そして美和の３人で過ごした翌朝、春の光はまばゆいばかりに残雪に照り映えていました。

　美和はマリオとカイのためにシチューを煮込んでおりました。マリオとカイは羊を小屋から出して、新芽が芽吹き始めた草原に連れ出しておりました。日が傾きかけた頃、２人は見晴らし岩の上に座って遠くに見えるアルプス連峰を眺めておりました。

　足元の岩のまわりの雪は溶け始めておりました。春の訪れを告げるうれしい便りとともに雪崩の危険を知らせる便りでもあったのです。

　スイスに来て間もない２人はその意味を知らず、夕暮れとともに神の手橋を渡ろうとした時、雪崩が２人を襲っ

たのです。咄嗟にカイがマリオの上に覆い被さりました。

　美和が駆けつけた時はもう2人は雪の下で冷たくなっておりました。

　カイはすでに絶命しており、マリオも生還の望みは時とともに少なくなるばかりでした。

　村人も暖炉に火を燃やし続け、体を擦るなど協力してくれたのですが、望みはほとんどなくなり1人去り2人去り誰もいなくなりました。

　せめて最後の夜はマリオの傍で過ごしたいと、美和はマリオの脇に体を滑り込ませました。頭がしびれるほど冷たくなり体をあたためるために温めたワインを何本も飲み美和は祈りました。マリオが生還できるなら自分の命はいらない。マリア様の御心のままに、医者も薬も断ち、何時でも御許に参りますと誓ったのです。

　再びマリオの脇に滑り込みました。死んでもいいと思いました。体が凍りつきました。

　いつの間にか朝日が戸の隙間から差し込んできました。その時マリオが、

「おっぱいちょうだい、おっぱいちょうだい」と言うではありませんか。それが日本語だとわかるまでに暫らく掛かりましたが、絹の娘八重子が言っていた言葉だと気づきました。

　美和はマリオの手を、自分の乳房の上に載せました。なんという生命力なのでしょうか。何と逞しいのでしょうか。マリオのものがむくむくと立ち上がり始めたので

す。

　美和は自分の体に導きました。夢の中なのでしょうか。現実のことなのでしょうか。マリオは美和の中で満足して背伸びをすると背中を向けて眠りに落ちてしまったのです。

　マリオが生き返った。それで十分だ。大罪を犯そうが人の誹りを買おうが。美和は初めてマリオを生んだという実感を覚えました。自分の背丈よりも大きくなった我が子を。今まではマリオを屈辱の証と一度たりとも抱いたことがなかったのでした。

「old bag」ばばーと言って美和の乳首を噛んだ米兵がいた。その子はマリオと同じような年恰好であった。終戦直後の進駐軍のための日本本土での慰安所での出来事だった。乳首に残った傷跡は美和にそのこと（慰安婦としてアメリカ兵に差し出されたこと）をいつまでも忘れさせなかった。

　航太郎に救い出されて一晩でそこを抜け出せたが、大勢の女が良家の婦女子の貞操を守るために駆り出され、毎晩大勢の米兵の相手をさせられていた。自分ひとりそこを抜け出せたことがさらに美和を苦しめていた。イタリアに渡っても同じような目にあっている女はいた。美和はそのたびに心がうずいた。

　蘇生したマリオはカイの死を知ると、赤子のように泣きました。美和の胸の谷間に頭を置いて泣いては眠り、

起きては泣き、そして赤子が幼児になるように、幼児が親元を離れ砂場遊びをするように少しずつ美和のもとから離れて村の若者たちの輪に溶け込んで行くのでした。

　カイの葬儀はミレーヌを待ってしめやかに行われました。シロッコといわれるアフリカの砂漠から吹き寄せる熱風が高い山々を越えて、カイの死を悼んで吹き寄せるかのように思えました。鳥や花もその葬列にしめやかに参列いたしました。

　暫くするとマリオはギターでカイの家族の名前を歌い出しました。

「カイ、今までありがとう。もう、僕は大丈夫だよ。君のお父さんの名前や母さんの名前、家族の名前、忘れないように歌い続けるよ」

　ギターを爪弾きながら歌うマリオのまわりには少しずつ若者たちが集まりだしました。

「雪崩から一年が経ったのね。ほんとによかったわ。マリオがあのように元気なって。一時はどうなるか心配したけど。ねえ美和。あなたこの頃のお喋りしてくれないわね。まだ他に心配ごとがあるの？　話してくれない？」

「いいえ、そのような事はないわ。マリオを見ているだけでとても幸せなの」

「それにしても、何か声が変よ？　風邪でも引いたのかしら？　少し部屋で休んだ方がいいのではない？」

「大丈夫よ。私にはこの一瞬一瞬がとても大切なの。それにしても私はなんと愚かだったのでしょうか。こんな大切なものが見えていなかったなんて。母は私の物心が

つく前に亡くなってしまったの。祖母が代わりに慈しんでくれた。でも雛祭りの夜に、私は言ってはいけないことを言って、祖母との間に蟠りを作ってしまった。それ以来、私には母なるものがいなくなった。父が私のすべてだった。私は一度なりとも、マリオの母であると思ってこなかった。カイは身をもって教えてくれたの。子供がいかに親を恋うか。マリオに長い間寂しい思いをさせてしまったわ」

　美和の声は日に日に擦れて行きました。マリオが元気になるにつれて、里子に出したままのマリオと絹の間に出来た倖恵の事が気がかりになりました。

　マリオやカイを連れて日本を離れる時、
「倖恵に一目会っていきたい。もうあの子は歩いて笑い声をあげているだろうか」と芳に申しますと、
「公になれば、絹が姦通罪に問われかねないわ。倖恵も罪の子と謗りを受けるでしょう」と芳からぬ調子できっぱり言いました。
　このような訳で美和は後ろ髪をひかれる思いで孫の倖恵に会わずに日本を発ったのでした。姦通罪はまだ夫のある女にだけ適用されていた。

4・4　聖女の告白

　ミレーヌ、私が頑固に薬も医者も断っている訳を書きます。理由を知ればきっと当然の報いと思われるでしょう。

　ルイジ・ウェルバーと結婚をするといって日本を発ったのに、ウェルバーの息子たちの反対に遭い正式な結婚はできませんでした。

　貴女に話したようにルイジも半年後には病死し、私達はイタリアに取り残され、まるで浮浪者のようになったのです。日々の生活に追われ必死で生きていたヴェネチアでの２年間、孫の倖恵を日々思いながらもどうすることもできずにおりました。しかしミレーヌ、貴女のもとで平穏な日々が始まると、どうしてもその２人を思い出さずにはいられなくなりました。実は倖恵の前に双子として生まれてきた子がいたのです。今までの事は貴女に話した通りですが、私は倖恵と双子として生まれてきた赤子の話はあまりに罪深くお話しできませんでした。

　マリオがカイを失った衝撃と悲しみから立ち上がる姿を見るにつけ私は倖恵のことが気がかりになりました。

　近親相姦、姦通罪・罪の子として人の謗を受けているのではないだろうか？　養い親のもとで辛い目にあっているのではないか？　倖恵は私にとって孫であり、マリオにとっては娘になるのでした。

　倖恵の先に生み落とされた赤子の目を見て『あ、碧い眼！』といって産婆が手を滑らせ金盥の中に落としまし

た。その瞬間、私にもすっかり遠い過去に消えたはずの毎夜のようにやって来てはレイプして行くフランコの碧い眼と金髪が甦って来たて、私を凍りつかせその子を掬いあげることが出来なかったのです。私は実の孫を見殺しにしたのです。

　私は罪を償うために自分の声をマリア様にささげ、癌の痛みにも耐えているのですが、苦しむ私の姿を見るミレーヌ、貴女のほうがよほど辛いでしょう。しかしこの手紙で理由が分かれば、それでも私の罪は償いきれないと思われる事でしょう。

　この痛みの一つ一つすべてが私の贖罪なのです。ですから痛みは、私への裁きだと思っております。決して嘆かないでください。今一番怖いのは眠ることです。

　幸いなことに痛みは私を眠りから覚醒させてくれます。マリオがいてミレーヌ、貴女がいるこの世界に戻してくれるのです。何とすばらしい世界なのでしょうか。

　しかし、私は母としても祖母としても残酷だった。私は自分の勇気のなさで倖恵とともに生まれて来た赤子を掬い上げることはできなかったのです。未来を奪ってしまったのです。

　この世に生まれてくる子に、罪の子などは一人もいないのに。

　ミレーヌは美和の告白文を読みながら、何もしてやれないことにいら立ちを覚えました。

　雪崩でカイを失った時のマリオは赤子のように美和の

胸に頭を置き泣いては眠りまた泣いては眠りました。今度は美和がマリオの胸に頭を置いたのでした。

　シェルベスター夫人が美和の見舞いに訪れたのは、短い夏が終わって秋風が立ち始めた頃でした。

　イタリアとスイスを跨ぐ山脈・モンテ・ローザから風が吹き下ろし始めて、美和は部屋に籠りがちになっておりました。

「お体の調子が悪いとお聞きしまして、遅くなりましたがお見舞いにまいりました」

　その頃はまだ美和はかすれながらも声が出ていてシェルベスター夫人の話にも返答もしていた。

「見舞いに今日持って参りましたのは、エーリッヒ・ヴォウフガング・コルンゴルトが私に託してくれたオペラ『死の都』の中のアリア、『マリエッタの歌』と『ピエロの歌』がはいっているレコードです」

　シェルベスター夫人は大事そうに数枚のレコードを取りだして美和に見せた。

「きっと名前だけは聞いたことがあると思いますが、彼は私の従姉弟にあたる作曲家なのです。一時は神童とまで言われオペラ界を席巻いたしました。我が一族の誇りであり、ヨーロッパの誇りでもあったのです。ユダヤ系と言うだけで、ナチスドイツの台頭とともに上演させてくれる劇場もなくなり、ナチスに追われてアメリカに亡命することになったのです。活躍の場を奪われてアメリカに亡命してしまいました」

そのレコードを聴いてみますと、美和にもその当時が
よみがえってまいりまして、
「パオロが亡き妻を一途に思い、妻の遺品に囲まれて暮
らすというお話しでしたわね」
「よく覚えていて下さいました。彼も、天国で喜んでい
ると思います」
　彼は亡命先のアメリカで映画音楽家として名声を得て
いたのですが、戦後一時ウィーンにもどり『死の都』の
再演を試みたのです。
　しかし、ウィーンの町は壊滅的打撃を受け、オペラど
ころではなかったのです。そこで裏切者とまで言われた
のです。
「彼は傷心のままにアメリカに戻って亡くなったのです」
「亡くなられたのですか？　彼が貴女につけたあだ名が
“やせっぽちのキリン”でしたわね」と美和が擦れた声で
言った。
　シェルベスター夫人はやせっぽちのキリン、と言われ
るくらい長い手足で男物のスーツを着こなし、髪を断髪
にしていたが、毅然とした美しさがあった。
「エーリヒと私は従兄妹同士でした。彼は幼い時から天
才の名をほしいままにしていました。ファミリーの集い
には何時もピアノの演奏を要求されていたが、大人たち
は彼の演奏が終わるとおざなりな拍手を残しパーティー
ルームへと消え、彼は迎えの者を待ってピアノの前に取
り残されるのが常であった。
　ある夜グランドピアノの下に白いタキシード姿で丸く

なって蹲るエリックがいたの。それがまるで白熊のようだったので私は『いじけた白熊ちゃん、グズグズしてないで出ていらっしゃいな』と思わず言ってしまったの。

　彼は出てきて『何か僕に御用かい？』と大人びた口調で言いじろじろ眺めまわして『そういう君はやせっぽちのキリンだね』と返してきた。

　彼の名声は高まるばかりで私たちが会う機会はほとんどなくなっていた。でも会う機会があると『やせっぽちのキリンちゃん』と声をかけてくれたわ」従弟のエーリヒのを話すシェルベスター夫人はまるで夢見る少女のようだった。

「彼はユダヤ系というだけで地位も名誉もお金もすべて奪われました。私の夫はフランスに留まっていた叔母を連れに行って、そのままフランスで強制収容され亡くなりました。まさかフランスもユダヤ人迫害の法律を制定し、実行するとは思っていなかったのです。モンテ・ローザ銀行とミレーヌとクロードがいなかったら私たち親子もこの世になかったことでしょう」

　レコードの歌声はパウロが神の家といって妻の遺品とともに暮らしていた家を出るシーンでした。

「私は貴女に少しだけこだわりを持っていたのです。それは貴女が演じた『ワルキューレ』が従姉弟・エーリヒの『死の都』のオペラを追いやったような気がしていたのです」

　ヨーロパのオペラ界を席巻していた彼にもヒットラーの手が伸びアメリカに亡命せざるを得なかったのです。

「私はスイスに亡命する前に、最後の思い出にと雪に包まれたウィーンで『死の都を』見るつもりでチェコからウィーンに来ておりました。

　劇場に行ってみますとそれが貴女の『ワルキューレ』に取って替わられていたのでした。私たち親子は茫然と立ちすくみました。幾度見返しても看板の演目は変わりません。劇場に足を運ぶ観客が私たち親子を不審そうに眺めながら入り口に吸い込まれていったのです。私達には予感がありました。しかしドイツがポーランドに侵攻してから物事の変わりようはあまりに急でした。ヨーロッパ中を熱狂させた彼のオペラまでが排除させられるなんて、ただ事ではないと思い直ぐにホテルに戻ると支配人がメモを手渡ししてくれた。

『僕はアメリカに亡命する。君たち親子も亡命せよ。いじけた白熊より』とあったのです。エリックの最後のメッセージでした。

　貴女の神・ヴォータンに対する思いと、私の従兄妹・コルンゴルドに対する思いが重なって涙で看板を見上げていました。ワルキューレのプリマそれが貴女だったとは」

「こうして私たちが語り続けなければ、何もなかったことになるわ。時は留まる事を知らず、全てを忘却の彼方へと追いやってしまうでしょう」とミレーヌが言うと、

「そうですわ」と美和は笑顔でミレーヌとシェルベスター夫人の話に頷くのでした。

　マリオの手を見てミレーヌが「あっ」と小さな声をあ

げました。美和に握られていたマリオの指先が真っ青に
なっていたからです。激痛に打ち勝つためにマリオの手
を青くなるほど握りしめ、マリオはその痛みに耐えてい
たのでした。

　数日後のことです。美和が最後の手紙をミレーヌに書
きました。
「ミレーヌ、私はなんと愚かなのでしょうか。マリア様
が下さったのは罰でなく恩寵でした。最後まで生きよと
いう優しいお言葉でした。マリオやミレーヌと過ごす至
福の時間を与えて下さったのです。それに、オペラ『ワ
ルキューレ』を観た方にお会いできて至福の時間でした」
　しかし、美和は手紙に最後まで日本での終戦直後のあ
の忌々しい特殊慰安施設での売春婦としての一夜ことは
書けませんでした。ミレーヌを信じていないわけではな
かった。ただ純真な生活を送っているミレーヌに蔑まれ
るかと恐れたからだ。忘れようとするともう跡形も残っ
ていない乳首の上の小さな傷がいつまでもじくじくと痛
むのだった。

　美和の声が消えてからは、いつの間にかマリオとカイ
がしていたように手話で意思疎通をするようになりまし
た。ミレーヌもカイの真似をして手話に加わり３人の間
に笑い声さえ起きるのでした。
「ミレーヌ、マンマは僕の手をぎゅっと握ってくれなく
なった。ただこの僕の手の上に重ねるだけなのだ。もう

一度骨が砕けるぐらいぎゅっと握ってほしい」とそっと
ミレーヌにマリオは告げるのでした。

　美和は手話で会話するのも大儀そうになって来ており
ました。
　そんなある日、ミレーヌが思いつめたように美和のベッ
ドの脇に跪いて、語りだしました。
「美和聞いて。罪を犯さない人間など、この世にいない
わ。これはあなたを励ますための言葉でも慰めの言葉で
もないの。私は墓の下までこの秘密をもってくつもりだっ
た。聞いて！　これは私の懺悔なの。息子のトマスが7
歳になった時だったわ。私と夫と息子のトマスでスキー
をするためにこの城に来たの。クロードは滅多にこの城
にもスキーにも来なかった。でもその年の冬クロードが
あなたも知っているヨハネスをここに連れて来たの。4
人でスキー場を滑り回ったわ。まるであなたと過ごした
あの夏のようだった。覚えているかしら、あの夏、草ス
キーをしたわね。ヨハネスはスピード上げ過ぎて、転ん
で一回転したわ。今度は雪の上でまた転んで一回転をし
たの。息子のトマスは大喜びでまた見せてほしいとせが
んだくらいよ。私はすっかり学生気分に戻り、丁寧言葉
もやめて友達会話になった」と言って、ミレーヌはベッ
ドの上の美和の体調を気遣って、
「こんな話をしていいかしら、やめた方がいわよね」と
言った。
　美和はカイとマリオから教わった手振り身ぶりで、

「もっと続けて」と目を見開いて話の続きをせがんだ。
「私にもあの時の光景がよみがえってくるわ。あれ以上の楽しい夏休みは2度と訪れてはこなかった。続けて！」

「ヨハネスが久しぶりに私たちのもとを訪ねてくれた。彼の要望もあって私たちが夏の日を過ごしたあの城に滞在することになった。夫のクロードは2日目に大事な顧客との商用ができて、その夜の夕食はトマスとヨハネスと3人になった。息子のトマスは夕食中に眠りこけ椅子から転げ落ちたの。スキーで疲れたのね。床に落ちても起きなかったの。2人で思わず笑ってしまった。2階の子供の部屋に抱いて連れて行こうとしたけれど、ぐっすりと眠りこけたトマスは私には重すぎて2階に運んで行けなかった。ヨハネスが子供部屋に運んでくれて寝かしつけてくれた。それから彼はベッドの脇に跪き、トマスの顔を眺めた。私も彼の脇に同じように跪きながら突然思ったの。トマスの父親がヨハネスだったら。あの音楽院生だった時の夏、私とクロードはそれぞれの友達、私は美和をクロードはヨハネスを連れて来てここに逗留したわ。あの一夏で、私は快活で冗談好きのヨハネスに惹かれ始めた。そしてクロードはあなたに惹かれ始めた」
とミレーヌが言うと、
「ヨハネスの眼は何時も貴女に注がれていたわ」
　美和は絞り出すような声と身振りでミレーヌに伝えた。
「久しぶりにここに来た母は、
『ま〜、内気なミレーヌはどこに行ってしまったの。こ

んなにはしゃぎまわるミレーヌを見たことはなかったわ。
きっとイタリアの音楽学院に入れたのがよかったのね』
　私の母がびっくりしたほどだった。私は美和をいろい
ろなところへ連れまわした。嫌いだった晩餐会にも出て
踊ったわ。美和と一緒なら何でもできる気がしていた」
　ミレーヌは過去を振り返るように美和に注いでいた目
を窓の外にやった。
　いつの間にか初雪が降りだしていた。その途切れ途切
れの雪の合間を縫うようにミレーヌは言葉をつづけた。
「あの夏小さな疑いがときどき私の脳裏をよぎった。ク
ロードと私は正式な婚約者ではなかったが子供の時から
両家の暗黙の了解があった。だからクロードが美和と楽
しそうに話しこんでいても気にはしなかったわ。気にし
ないふりをしていたの。ヨハネスの時々熱い視線を感じ
て胸がときめいたわ。私は二人の男の間で揺れるヒロイ
ンの役を勝手にイメージしていたわ。
　あの夏の私は浮かれていたの。夏休みも終わりに近づ
いたあるゆうべ、ヨハネスは司法試験の準備のために、
一足早くここを発つことになった。彼は小声で、
『来年の夏まで待っていてくれ』と言った。私は、
『もちろんよ。来年もいらっしゃってね』と新しいドレ
スに合う靴を選びながら、パーティーに出かける支度に
気を取られ、彼の言葉を受け流していたの」
「そうね、あなたは珍しく真っ赤なドレスを選んでいた。
それに合う靴はどれがいいかと私に聞いてきた。ヨハネ
スが別れの挨拶に来た時に私がその場にいたから………」

と美和はもう遠い遠い過去の真実を思い返そうとしていた。もしあの場に私がいなかったならば、ヨハネスは何と言ってあの場を去って行ったのだろうかと美和は思った。色とりどりのドレスを前に迷うミレーヌに私は嫉妬していたのではないだろうか。わざとヨハネスとミレーヌの間にいたのかもしれない。

「でも彼は次の年もその次の年も来なかった。私はトマスの顔を見ながらひょっとしてあの時ヨハネスはプロポーズをしようとしていたのかもと思った。もしそうだったらこの子はヨハネスの子として生まれていたかも知れない。あの夏、ヨハネスが帰郷した夜、私はクロードにプロポーズされて一夜を共にしてしまった。それはクロードがあなた、美和にひかれ始めたのではないかと疑い始めたからだったわ。私はクロードを失いたくなかった。次の朝に美和、貴女がクロードとキスをするのをメイドが見ていたわ。貴女は黙ってイタリアのセントオルニーニ音楽学院に戻ってしまった。私は取り乱して貴女を追いかけて行ったでしょう。私にもどうしてあのように取り乱したか、その時は理由がわからなかった。それは私が心の底では、ヨハネスのプロポーズを待っていたからよ。

『僕は７年前にこの言葉を言うべきだった。でもあの時はまだ法科の修士課程を修了しておらず、合格してから正式にプロポーズするつもりだった。気取って来年の夏まで待ってくれと言った。君は返事をしたね。〈もちろんですとも〉僕は小躍りしながら大学に戻った。君の〈も

251

ちろんよ〉と言う声がまだ耳に残っているうちに、君が
クロードと婚約したという話を聞いた。その噂を僕は信
じられなかった。しかし遅れて学生寮に戻ったクロード
は自慢げにミレーヌとの婚約を僕に告げた。僕はクロー
ドを殴り倒し、傷まで負わせてしまった。大学にもいら
れなくなり、人生に失望して君を呪い、敵の弾にあたっ
て死ぬために傭兵として外国に逃げ出した。何故あの時
君を押し倒さなかったのだろうか。そうすればここに寝
ている子は僕の子だったのだ』
とヨハネスは怒ったように言った」
　ミレーヌは遠い青春の甘酸っぱい夏を懐かしむように
窓辺を眺めた。しかし窓の外は短い夏が終わり、秋も駆
け足で通り過ぎ、初雪が白一色の世界に塗り替えていた。
　美和のショールを掛けなおしながら、ミレーヌは話し
続けた。
「私はトマスのベッドにヨハネスと跪いたまま、
『ヨハネス、貴方はプロポーズをせずに去って行った。
貴方はきちんとクロードのようにプロポーズをすべきだっ
たのよ。愛の告白もせず、プロポーズもしない男を待っ
ていろと言うの。そうすればここに寝ている子供は、あ
なたの子だったかもしれないとでも言うの』
　礼拝堂でまるで懺悔するかのようにトマスのベッドで
跪きながら言い争いを始め、恨み言を言い合いそして最
後にはキスをしてしまった。
　美和のベッドは２階から台所脇の家族用の居間に移さ
れていた。低い天井がミレーヌの告白をより濃密で秘密

めいたものにしていた。

「ヨハネスは軽々と私を抱き揚げ自分の部屋へ連れて行こうとした。その間も私は、

『いけないわ、いけないわ』と繰り返していたが、心はもうヨハネスのものになっていた。

『遅すぎたが僕のプロポーズを受けて下さい。今度は貴女を全力で守る役に着きます』と熱い吐息を吐きながら言った。私は妻の顔から女の顔になったわ」

　告白するミレーヌの頬を、新雪を戴いたモンテ・ローザの夕陽が染めたのか、青春の思い出に高揚してなのか、バラ色に輝いて見えたのは一瞬だった。ミレーヌは苦しげに続けた。

「ヨハネスは言ったの。

『クロードは僕の親友だ。裏切るのは心苦しいが、彼と離婚して僕のところに来てくれるのを何年でも待つよ。でも７年は長すぎる。君との子供が欲しいからね。君そっくりな女の子がいいな。膝に乗せて本を読んでやるのさ』と、まだ朝日もささないうちに耳元で囁いた。

　私の「はい」とも「いいえ」ともの答えを待たずに、彼はバターのように一つに溶け合った私の体を潔く切り離して、軍人らしくきびきびと身支度を始めた。切り離された部分から凍えるような恐ろしさが私を襲ってきた。クロードの妻として過ごした７年の歳月は私の立場を重いものに変えていた。クロードは私の父の下でモンテ・ローザ銀行を懸命に支えていてくれていた。私がこの家を去ったら息子のトマスは、父や母はどうなってしまう

の。

『なぜ君は震えながら泣いているの？』

　私はそれに答えず背伸びして冷たい唇を彼に押しあてた。その日の午後、乱暴なブレーキの音がして夫のクロードが戻って来た。私の心は決まっていなかった。昨夜の情事を責められる。クロードの決断に従おうと思って、彼が部屋に入って来るのを待った。彼の体は震えていて絞り出すように言った。

『ヨハネスが死んだ。崖から車ごと転落した。親友を置いて商用に出かけた僕のせいだ』

　その瞬間私は、彼の死を悼むより早く、クロードに夕べの情事が知られずに済んだと安堵感を感じた。何ということ。私は自分の心の闇を覗いてしまったの。パンドラの箱を開けて自分の醜い心を見てしまったの。私はクロードとヨハネスを裏切ったのよ」

　夕闇は霧のように静かにミレーヌを包み込み光を奪っていった。

「それからの私は前より無口で陰気な女になった。再びパンドラの箱が開かないように、その蓋の上にじっと座りつづけていた。でも、私はカイの話を聞いて気づいたの。私は自分の安穏な生活を守るために、ヨハネスの魂を私の罪とともに、パンドラの箱に押し込んでしまっていた。やっと貴女に話す気になった時、彼の車があの峠の雪道を大きく一回転して谷底に落ちる夢を見たの。彼は若い時の姿のまま、車の窓からにこにこして手を振るの。それが切なくて……」

「私にも見える気がするわ」と美和は手話で伝えた。
「あの夏休みのように、私たち女二人とクロードとヨハネスで過ごした夏が戻ってくるような気がするわ」
「あれから何十年たったのでしょう」

『♪　ラ・ボエーム
　　それは幸福だったと言うこと
　　ラ・ボエーム
　　それは私達の素晴らしい一時期だった』

　ミレーヌが歌い、美和もそれに合わせて唇を動かしました。
　暖炉の燃え尽きようとした薪が火花を上げて崩れ落ちた。
　青春とはなんと切なく甘いのでしょうか。思い出は暖かく、それまでの全ての苦しみから美和を解放させたのでした。夢でも見ているのでしょうか。時々笑みさえ浮かべるのでした。
　それから、マリオが口に運ぶ水とヤギの乳を口に含むだけでひと月生きました。

4・5　倖恵

　養子をとった家にすぐに実子が生まれると言う通説通り、倖恵の養家には次々と弟妹が誕生したのでした。養父母はそれでも分け隔てなく倖恵を大事に育てました。
　中学を卒業するとすぐ地元の会社で働くと倖恵は言いましたが、
「倖恵も薄々感じているとは思うが、倖恵のような利発で器量のよい子が我が家に生まれるはずはない。倖恵は訳あって碧小路家から貰われてきたのだ。碧小路家は昔は御大名様がお泊りになる宿・本陣で庄屋として格式あるりっぱな家柄だった。女学校に行く学費は充分に頂いている。だから、働きに行かなくってもいいんだよ。遠慮なく女学校に通っておくれ」
「ありがとう、お父さん、お母さん。でも私働きたいのです。今度できた時計工場には、それは素晴らしい設備が備わっているらしいのよ。ですから昼間はそこで働いて夜は夜間高校に通わせて頂きたいのです。私は欲張りなのでしょうか。両方とも通いたいのです。碧小路からいただいたお金はどうぞ弟や妹にお使いください」と言って時計工場で働くことを決めてしまいました。
「私はこの家に貰われてきて幸せです。だって３人もの弟や妹ができたのですもの。姉弟喧嘩もしたわ。川遊びもした。これって一人じゃできないでしょう。一度碧小路家に行って学資のお礼とこの家で過ごせた幸せを伝えて来ます」

倖恵が時計工場で働き出してから２年ほどたったでしょうか？　スイスから時計会社の社長が視察にお見えになった時です。

　熟練工に混じって楽しげに働く倖恵を見て、

「なんと楽しそうに働いているのだろうか。熟練工以上のその手さばきが素晴らしい。ぜひ会って話しをしてみたい」と社長のマッテゾン氏は言いました。

　倖恵は気後れする様子もなく、

「こんにちは、お会いできてうれしいです」とドイツ語であいさつをいたしました。

「どうしてドイツ語を話せるのだ？」と驚いて聞いてみますと、

「私のお爺さんはドイツで勉強したと聞いております。伯母さんはイタリアに今おります。ですから、私もきっとドイツやイタリアに行く機会があるのではないかと、英語を学校で教えてもらった時にドイツ語も辞書を引いて覚えました。幸い学校にドイツ語を話せる先生がいらっしゃいましたので、時々発音を直していただきました」と、質問に歯切れよく答えていた倖恵が、急に社長の声も耳に入らない様子になりました。

　その視線の先には、マッテゾン氏の甥で養子のダニエルが立っておりました。しっかり者のように見えても倖恵はまだ17歳。その姿は恋する乙女になっておりました。

　働く倖恵の姿に感動したのは社長のマッテゾンばかりではありませんでした。ダニエルも倖恵に一目ぼれでした。倖恵とダニエルはその場で恋に落ちてしまったので

す。恋に国境も言葉の壁もありませんでした。

　その頃、後進国の安い機械時計や液晶を使った安価な
時計が、スイスの地場産業ともいえる高級宝飾時計を脅
かし始めていたのでした。
　安い部品を使いたいと業務提携に日本に来たマッテゾ
ン氏は甥のダニエルと倖恵の婚約を結びましたが、業務
提携は結びませんでした。
　スイスに渡った倖恵は18歳になるのを待ってダニエル
と結婚することになりました。
「２つの願いがあります。一つはスイスの神の手村に住
んでおります父と祖母に会いに行くことです。イタリア
からスイスに移住をしているとのことですので、結婚式
に出席して下さるようにお願いに行きたいのです」
　勿論快諾を得ました。
　しかし初めての異国での生活に慣れるのに、少々時間
がかかっているうちに、新聞の死亡欄に日本人元オペラ
歌手・Miwa Aokoujiという名を見つけました。もしかし
たらお婆様の事かしらと神の手村に行きました。
　もう葬儀は終わっておりました。小さな古城の中の祭
壇には、老女が泣きくれておりました。しかし倖恵を見
ると、
「あ、美和が生き返って来たのね」と足元にすがりつい
てきました。
「いいえ、そんなことが現代に起こるはずがないわね。
それによく見ると私達が会った頃と同じ若い顔立ちだ

わ。でもいいわ。美和なら幽霊でもいいのよ」と倖恵を
優しく抱いて、

「ひょっとして、あなたは美和の孫の倖恵ではないです
か？　彼女が最後まで気にかけていたのが倖恵さんのこ
とです」と言って美和がそれまで書いても出せないでい
た手紙をミレーヌは倖恵に渡しました。

「倖恵、貴女に書くこの手紙は何通目でしょう。私は言
い訳のできない罪を犯しました。碧い眼と金髪をしてい
た双子の貴女の姉を見殺しにしてしまったのです。戦時
中とはいえなんと酷いことだったでしょう。鬼畜米英、
姦通罪など私達は洗脳されていました。続いて生まれた
２人目は黒い髪に黒い眼をしていたので、

『ああよかった。この子は倖を持って生れて来ている』
といって倖恵と名づけたのです。倖恵と名付けてそれが
倖恵のお守りになる。倖恵の意味は思いがけない幸せに
恵まれるということです。しかし金盥に引き込まれた赤
ん坊は、産声を上げることも、一滴の乳を吸うことも許
されずに、ご養所の裏の墓の隅に埋められたのです。そ
して傍にあった止め石を墓の印として置いたのです。倖
恵に会いに行けば（不義の子と指さされる）とじっと我
慢をしていました。倖恵、名前の通りしあわせになって
おくれ。祖母美和」

「本当に美和御祖母様は、私達のことをいつも案じて下
さっていたのですね」

　倖恵は手紙を読み進めておりました。

「そうよ、いつも貴女の事を案じていたわ。彼女はあな

たの父親でもあり、自分の息子でもあるマリオを助ける
ために大事な声をマリア様に捧げたの。

『癌の痛みもマリオと生きている証なの。今まで彼を疎
んじていた分も愛せると思えばこの痛みも喜びなのよ。
眠ってしまうことが一番怖いの』とかすれた声で言って
いたわ。

『もう一つ我儘を聞いてもらえるならば、倖恵に一目会
いたい』とも言っていたわ」

　その時です。ミレーヌの神の手村の古城の広場に一台
の車が停まりました。車から降り立った老人は、

「道に迷いました。ジュネーブに抜ける道を教えてくだ
され」とドイツ語で言って、倖恵を見ると呆然と立ち尽
くし、

「私は幻を見ているのだろうか。美和さんがここにいる。
世界の隅から隅まで探し歩いた美和さんがここに立って
いるなどと、私は気が狂ったに違いない」と、倖恵の足
元にすがりついたのです。しかしすぐに立ち上がり、

「お前は性悪女だ。このように年老いた私誑(たぶら)かそうとす
るなど」

「わざわざ日本からたずねていらっしゃったのですか。
美和が生きていたらどんなに喜んだでしょうか。海軍の
お医者さんでいらっしゃいましたよね」とミレーヌに言
われ、中村はまた海軍の医者であった航太郎に打ちのめ
されました。美和を一番愛したのは中村だったのかもし
れないのに。『死の都』のパウロ以上に。

　中村は美和が娼婦として売られたのではと思いちがい

をして、彼女を助け出すためにジェノバ、ミラノ、ヴェネチアとイタリア中を探し回り、日本に帰ったのではないかと出入国もいつも監視していたのでした。

　日本人の娼婦がいないかと、各国を探し回り、いないと言われる事が分かっていても、ついつい足を運んでしまうのでした。

　ついつい、足を運んでしまうのは、女を買うのが目的だったのでしょうか。彼にはそれが日常になっておりました。ですから娼婦の極めて残酷な運命も熟知しておりましたので、余計美和が哀れに思えて探し続けてしまったのでした。

　オペラ『死の都』を観たのは彼がドイツに渡ってから３年目でした。まだ２０代だった彼は、一人の女を亡くなってからも、まるで生きてそこにいるかのように愛し続ける男「パウル」に共感できませんでした。

　オペラ『死の都』は作曲者コルンゴルドがユダヤ系だったということで、その演目はナチスによって上演を禁じられ、幻のように消えてしまっていて、今まで思い出す機会もありませんでした。

「俺は何を追いかけていたのだろうか。妻も娶らず幻を追いかけていた。でも決して不幸ではなかった。俺は若いままの美和を追いかけていた。追いかけている時の俺も若い時のままだった」

　思い出にふけりながら、車で神の手橋を渡ろうとした時、橋の上を若い男女が踊るように歌いながらやって来ました。

その男は橋のたもとで車を降りた中村元中尉を日本人と見てか懐かしげに日本語で、
「こんにちは」と挨拶しました。中村はそれを聞いてすぐに美和の息子だと思い喜んで、
「こんにちは、君の名前は何というのかね、美和の息子ではないかい？」
　しかしその男、マリオは彼の日本語を解しないのか、首をかしげて、連れの女の子と歌いながら去って行きました。

『♪　あこがれと空想は甦る。今も胸を焦がす私の憧れ、私の空想。
　　ぼくを夢の中へと引き戻す』

　マリオはレコードで聞いたことのあるその歌を出鱈目に歌っておりました。その歌詞は『死の都』の中で歌われたピエロの歌でした。

4・6　帰還兵の悲劇

　絹親子が去り、美和達もイタリアに帰り、私千塚子と母の芳だけが屋敷に残りました。

　日本中が焦土と化した敗戦後も碧猪村では時折、戦死したと思われていた者が帰還して大騒ぎになることがありましたが、この村の佇まいに変わりはありませんでした。

　敗戦後の混乱と貧困を払拭してくれたのはまたもや朝鮮動乱という戦争でした。

　戦争で疲弊しきっていた経済は朝鮮動乱の戦争景気によって一気に回復し日本の経済は生き返ったのでした。

　戦場からの帰還兵もほとんど町に働きに出て行ってしまって、碧猪村は元の平穏な村に戻っていたのでした。あの忌まわしい戦争はもう忘れ去りたいものになっておりました。

　しかしそこに、国民小学校の時の同級生・金子友子の父親が帰還してまいりました。
「さらばラバウルよ、また来る日まで」とうたわれた南方の激戦地からの帰還でした。

　日本は血の一滴といわれる原油の宿主・アメリカの真珠湾を攻撃して、アメリカからの原油を断たれ、原油を求めて西へ南へと戦地を拡大して行ったのでした。金子が帰ってきたのは最もし烈な戦場となった、死んでも帰れぬと言われたニューギニアからでした。

「どうして今ごろ帰国できたのだ？」というのが大凡の
人々の反応でございました。

「ジャワの天国、ビルマの地獄、死んでも帰れぬニュー
ギニア」

「死んでも帰れぬと言われたニューギニアからどうして
お前だけ帰ってこられたのだ」

「米軍の爆撃で気絶している間に捕虜になった」

「生きて虜囚の辱しめを受けずという言葉をお前は知ら
ないのか」などと正面から言う者もいて、金子は、村人
に米軍の尋問よりも辛辣な尋問を受けたのでした。

　私は金子のおじさんの口から父の消息を聞くために、
村人が帰るのを待っていました。

　私の父（旧姓鴨志田泰次郎）の戦死公報はきておりま
したが、遺骨は帰って来ておりませんでした。

　死んだと思われて、葬式まで出された兵士が帰って来
た例は後を絶ちませんでしたので、私は望みを捨てませ
んでした。

　母の芳に、

「お父様は何時、帰っていらしゃるの？」と尋ねますと、

「お父様は遠い所に行っている」といつも答えるので、
わたくしは覚悟を決めて、持つことにしていたのです。

　母の話によると、父は外地に転戦になる前に碧猪村に
一時帰る許可を得て帰宅したそうです。

　しかし嵐の後で吊り橋は何か所も落ちていて、父は谷
底に下ったり回り道をしたりで家に着いたときは全身泥

まみれだったそうです。それでその休暇の大半を山越えるのに使ってしまい家に着いたときはゲートルや軍靴を脱ぐ時間も惜しんでそのまま私の寝室まで上がり込んできたそうです。

「千塚子、千塚子や」と何度も呼んでくれたそうですが、私は父の声を感じながらも深い眠りに落ちてしまったのです。

　母は帰る父のリュックに米や大豆など入れますと、

「それでは速く走れない。時間までに戻らなければ逃亡兵となる」とおにぎりだけを持って隊に戻ったというのです。

　南方のひどい激戦のニュースが入る度、あの時無理にでもせめて米だけでも詰めて持たせるべきだったと母はいつも悔やんでいました。

　ニューギニアと言う遥か遠くの何処ともわからぬ所から、友子の父は帰って来たのですから、私の父もきっと金子の小父さんのように帰ってくると思い、最後まで金子の側を離れませんでした。

「おじさんがニューギニアを離れる時、まだ誰か残っておりましたか？　私の父・碧小路泰次郎が残っておりませんでしたか」と何度も尋ねたのでした。

「私のお父さんはね、南方に転戦になる前の夜に帰って来たの。でも私は『千塚子、千塚子』と呼ばれたのに、眠くってどうしても目が開けられなかったの。お帰りなさいも言えなかったの。ですから今度お父様が帰って来

た時にはどのようなことがあっても、『お帰りなさい』と言いたいの。まだそこには何人ぐらい残っているのでしょうか」と、聞いた千塚子に友子の父は苦しげに、

「ごめんな、あのときはもう食料も燃料も何もかも無くなって全員死ぬ覚悟で総攻撃をしたのだよ。おじさんは敵の爆風にあおられて、気づいた時は捕虜になっておったのじゃ。だから何人生き残っているかおじさんには分からないのだよ」と言って、話題をそらすためか、千塚子に、

「お前は碧小路家の孫ではないか」と言いました。別の男が声をひそめ、

「碧小路家も没落したものよ」と言い、千塚子の方を向いて顎をしゃくって外に出るように合図をした。

「あれは２番目の娘、芳の子供さ。亭主の泰次郎の葬式も済まぬうちに泰次郎の弟とできてしまって、式は挙げたがその固めの酒で泰四郎の酒乱が戻ってしまい芳は大変な思いをした。一年も経たぬうち泰四郎は大蛇に巻かれて蔵の中で死んだのさ」

「それから芳は次から次へと男をくわえこんで骨董だといってがらくたを法外な値で売りつけていたという話だ」

「長女の美和はイタリアからラシャ綿に（外人の妾になること）なって帰って来たという話だ。誰の男の子かわからない子供を連れて来たらしい」

「それによ、３番目の娘は疎開中に子供を産んだらしい」

　最初はひそひそ話だったのが、金子の話題を放り出して碧小路家の３人の女の話に夢中になって声高になって

いった。

　私は耳をそばだて、大人たちの話を聞いておりました。倖恵のことまで知っている。あの産婆が話したに違いない。しかしあの時、倖恵の前に生まれた金髪の赤子のことまでは喋っていないらしい。あの産婆は絹から最初に取り上げた胎児の臍の緒を切ろうとして金盥（金属製のたらい）に落としたのだから人に言えるはずはない。

　私、千塚子は見ていた。屋敷の中のご養生の外の障子から覗いていたのだ。はっきりと見た。あの赤ん坊の目の開くのを。大きな目がぱっと見開かれて、

「あ、碧い眼！」とあの産婆は叫び声を出して手を滑らせた。

　あの赤子は碧い眼で、私を見ながらきらめく水の中に落ちていった。いや、夕日に赤く輝く金盥の水の中から、小さな人形のようなぬらぬらとした手が伸びて、あの赤ん坊を引きずりこんだのだ。

　あの場にいた産婆も伯母の美和そして私の母の芳も見ていたはずだ。金色に輝く髪の毛が金盥の中で揺らめいていて、そして碧い眼が閉じられた。

　私がその光景を鮮明に思い出しそうになった時、金子が蒼い顔をして厠に立った。金子はしばらく戻ってこなかった。村人は今度も、声高にある時は声をひそめて芳の父・碧小路聡一郎の話をし始めた。

「聡一郎代議士様が生きていらっしゃったら何と言って嘆くだろう。娘の美和様が名を挙げてのご帰国を待ちに

待って、亡くなってしまわれたのよ」

「ラシャ綿になって帰国なさった姿を見たら、腰を抜かすだろうよ」

「だが聡一郎様の結婚式にはおったまげたよ。40男の聡一郎様はまだ15になったかどうかの娘っ子と式を挙げただよ。その時、花嫁の腹には美和さんが入っていたということだ」

村人が碧小路家の話にもちきりになったところで大粒の雨がトタン屋根を打ち始めた。

皆肩を竦め、

「まあ無事に帰って来られて何よりだった」と口々に厠の金子に声をかけて帰って行った。

しばらくして戻ってきた金子は一人残っていた私の手に、雑嚢からくしゃくしゃになった茶封筒を出して、いくつかのコンペイトウとビスケットを掌に載せてくれた。

白や赤の星くずのような美しいコンペイトウでした。

「千塚子ちゃん、一つ食べてごらん」とおじさんに言われて、私はそれを指先でつまんで口に入れると甘さが口じゅうに広がった。

帰国して来た金子はどこで罹患したのかチフスという悪魔を連れて来たのでした。金子は一週間の激しい熱と下痢嘔吐に苦しめられたが生還した。

それから一週間後に発病したのは私、千塚子と金子の娘、友子でした。

激しい嘔吐の後に高熱が続きました。

「千塚子、千塚子」と呼ぶ声があちらこちらから聞こえました。母、芳の声、お空から聞こえるお爺さまの声、それに胎盤を付けたまま埋められたあの碧い眼の赤子。

　私はいつもあの胎盤を付けられたまま土に埋められた可哀そうな赤子の墓の前で、墓といっても目印に黒い棕櫚の縄を巻かれた止め石で、その棕櫚縄も朽ち果てて、その痕跡を石の上に少しばかり残した止め石の前でした。

　広大な屋敷に残ったのは私と母の２人だけで、それに通いの下働きの女や男だけでした。私はいつもその墓の前で学校で習ったこと、友達のこと、いろいろな出来事を話しておりました。

　そしてある日かわいらしい声がして、

「千塚子ちゃんいつもありがとう。千塚子ちゃんが何でも話してくれるから私はいろんなことを知っているのよ。今度墓の上の止め石が取れたので自由になったの。千塚子ちゃんといつも一緒よ」

　どうやら私の義父・泰四郎が大蛇に巻かれて、ご養生の裏の墓に埋葬されたとき止め石が動かされたようでした。

　私は毎日心の中で話しかけておりましたので、不思議に思うこともなく、

「あなたのことをなんて呼べばいいのかしら」と聞いてみました。

「名前なんかいらないわ。だって私と千塚子ちゃん２人だけなんですもの」と返事が聞こえました。

「そうね。自分のことを考える時、自分の名前なんか呼

ばないわ」と答えました。

　私は、いちいち「土の中に埋められていた赤子」と、考えるのが面倒なので千塚子と名付けました。私が千塚子と呼べばその子は私の中にいるのです。

　母が「千塚子」と呼ぶと「ハーイ」と私と土の中に埋められていた千塚子も返事をするのでした

　チフスで何日も高熱が続いたある日、母やお爺様の声に交じって、「千塚子、千塚子」と父の声が聞こえ私は夢中でその父の声に応えようとしました。

　ところが遠くでお爺さまが応えてはいけないと制止をいたします。しかし私は父の声に応えてしまいました。それは義父・泰四郎や母をたぶらかした狐狸妖怪の類いでした。

「千塚子よ、いまおまえが応えたのは、お前の親ではない。狐狸妖怪がお前もたぶらかし仲間に入れようとしているのだ。碧小路の屋敷は美山神社に守られていた。それを汚したのは京都から流れ着いた公家の女、久我山民子だ。お前の祖母だ。自分の娘が、儂の子を身ごもったのを知り、美山神社の泉で自分の子を流し、泉を血で穢した。公家としての矜持を最後まで持とうとした」

　私はお爺様のいさめの言葉にも耳を貸さず私の名を呼ぶ声に応えてしまいました。だって私は、もう何年も何年もお父さまのお帰りを待ち続けていたのですから、それが狐狸妖怪であろうと私の名を呼ぶ声がとても嬉しかったのです。

「お前が今、返事をしてしまったのは狐狸妖怪の類いだ。その狐狸妖怪を招いた大元は儂かもしれない。わしはそれを思うと黄泉の国にも行けず、今でもこの屋敷に留まっている」といってお爺さまは今までの経緯を話して下さいました。

「誰にも話したことがないのだが、儂がドイツに留学している時に知り合ったチュチュというイタリアの女の留学生を自殺に追い込み、儂は梅毒という恐ろしい病に罹って日本に返ってきた。屋敷の周りには結界を築いて、10年間精進潔斎を続けた。しかし儂の結界を破ったのは何ということか、それはまだ10歳にもなったかならない幼い尚子だった」

　狐狸共がお爺さまの話を遮った。

「そうだったのう。我ら妖怪に付け込む隙を与えない聡一郎のことを諦めようとした頃、京都から元子爵の母と娘が辿り着いた。母には守り神として白蛇が付いておった。しかしその蛇は蛇の抜け殻かと見間違うほど痩せこけて今にも死にそうだった。聡一郎が屋敷に住まわせ母と子は幸せに暮らし始めた。我々に手出しをする隙がなかった。その隙を作ったのは民子の娘・尚子であった。

『このお屋敷は寂し過ぎるわ。おじさまに元気な男の子を産んで差し上げます』

　ひな祭りの夜にまだ10歳になるかならない尚子が言った。母の民子は聡一郎を秘かに慕っていたので、娘の言葉に思わず嫉妬を覚えたのだ」

「そうだったな、われらの出番が回ってきたのさ。時を

待って、娘の尚子を、土塀の崩れた穴から潜り入れさせ、聡一郎を誘惑させた。一度結界が崩れれば後は簡単だった。母親の民子にも聡一郎を誘惑させた」

「民子は小賢しい女よ。自分と娘が同時に妊娠したとわかると、自分の子を美山の泉で流した」

「自己犠牲のつもりでおったかもしれないが我らからすると隙だらけ。それで済むと思っていたのか。自分が想う男と娘を結婚させたが、目の前で聡一郎の子供を次々に生む娘を見て、身悶えしながら、それでも娘や孫に献身的につくしたと満足していたかも知れない。民子の嫉妬や苦悩は守り神であった白い蛇を次第に邪悪な大蛇にと変身させてしまった」

「われらが一番嫌いなのは小賢しい自己犠牲よ。好きなのは嫉妬、怨念、執着、そして一番の御馳走は深い愛情だ。愛情は人を盲目にする。操り人形のようにこちらの思うように動いてくれる」

　狐狸どもは自分の手柄を自慢げに言い立てていた。

　民子は自分の怨念を封じたつもりでいたが目の前で次々と自分が慕う男の子を生み続ける娘に嫉妬と怨念で、とうとう狐狸妖怪の手に落ちて自分の娘を取り殺してしまったのだ。

「千塚子や、いま狐狸どもが話したことは本当だ。わしは尚子や民子になんといって詫びていのか。儂は死んでも死にきれず黄泉の世界にも行けずまだこの世をさ迷っている。何としてでもお前を守りたい」と祖父の聡一郎が話をしてくれたのでした。

また私の中に住む碧い目の千塚子は教えてくれた。

「私は碧小路家の三女の絹と美和の息子、マリオとの不義の子の双生児として産まれたそうだが、金髪碧眼のために産み捨てられて一滴の乳を飲むことも許されず胎盤とともにご養生の裏の墓場の隅に埋められた。片割れは黒髪をもって生まれたため倖恵と言う名をつけられて養子に出された。私は名前さえ与えられずに生きたまま塵のように埋められた。

　私を金盥の中に引き込んだのは千塚子の祖母・民子が美山神社で流した胎児だ。私は産み捨てられて一滴の乳を飲むことも許されず胎盤とともにご養生の裏の墓場の隅に埋められた。土の上には止め石が置かれ動きが取れなかった」と土の中の千塚子が言った。

「あ〜、あの時だ、墓場の土が掘り返されて止め石が動かされたのはあの時だったよ」

「大戦が終わったと思ったら朝鮮動乱で日本はまた沸き立った」

「戦死公報のあった男を何時まで待っていても甲斐ないと、芳は逆縁であるが、泰次郎の弟・泰四郎と婚礼を上げた。泰四郎は飲まなければ借りてきた猫のように大人しいが、一旦酒が入ると手の付けようがなかった。家のものを持ち出しては酒代に変え、酒代のためなら芳まで売りかねなかった。芳は、泰四郎が最後に残った名刀までを蔵から持ち出そうとした時、前に立ちはだかって、『私を切ってから持ち出しなさい』と言った。泰四郎は

『刀を血で汚すまでもないわ』と言って蔵の二階から刀の
鞘で突き落とそうとした。その時現れたのがまるで枯れ
木のような民子の亡霊だった」

「わしらみんな思わず、民子様に味方して、白蛇を蘇ら
せたのさ」

「わしら魑魅魍魎にもそのくらいの力はあるのだ」

「白蛇と泰四郎の戦いは蔵の中で一時間にも及び、泰四
郎は大蛇に巻かれ事切れ、大蛇は刀で何か所も突き刺さ
れて死んでしまった」

「あの戦いには、おいら達も腰が抜けしてしまった」

「ここに流れ着いた時、蛇の抜け殻のようだった民子様
の守り神があんなに長い大蛇になっていたとは」

「女の怨念とは恐ろしいものだ」

　その時の光景を思い出して、憑き物共も身震いをした。

「私は一滴の乳も含ませてもらえず土に埋められていた
が、泰四郎と民子の土葬の時、私の墓の上の止め石は動
かされて私は自由の身となった。今、私は狐狸妖怪の手
に落ちたお前、千塚子に取って代わろう。これからは私
が千塚子になるのだ」

　それは高熱のための夢であったのでしょうか。または
現実であったのでしょうか。

　私がやっとチフスから回復した時、金子友子はチフス
のために死に、友子の父は戦場からもチフスからも生還
したにもかかわらず首を吊って死んでしまったのです。

　私は碧小路千塚子なのでしょうか。それとも土の下か
ら抜け出たあの碧い眼の千塚子なのでしょうか。

4・7　最後の先触れ状

　私、千塚子が小さな子供の頃毎日目にしていた碧猪村の宿本陣・碧小路家は千坪を超す屋敷をお堀の清流が囲むように流れ、鯉が泳ぎそれは美しいお屋敷でした。

　しかし、役目を終えた御屋敷は砂時計の砂が落ちるように、まず裏山が崩れ始め長い土塀が崩れ、清流は溝川と化したのでした。

　朝日夕日に映えていた瓦は少しずつ崩れ落ち、完全に残っているのは本陣の奥の上段の間とその周りのいくつかの部屋だけでした。

　それから数年後、先触れ状ともいえる倖恵の到来を告げる手紙がスイスから届きました。

　倖恵がスイスから着いた時はもうすっかり夕闇が碧小路家を包んでおりました。御成門の前には篝火が焚かれておりました。

「よう、お越しなされた」と半白髪の女は言って、

「もうすっかり日も暮れました。お屋敷は中が真っ暗なので、あばら家ではございますが私の家にお泊り下さい」とその女は倖恵の手を引きました。

「ご親切にありがとうございます。前に一度きたことがありますのでご案内を頂かなくても大丈夫です」と倖恵は篝火の薪を一本引き抜いて松明にし、形だけ残っている御成門から式台を上がり中廊下の両側のいくつもの部屋を通り奥に進みますと、

「倖恵さんね、どうぞ中にお入りください」とか細い声が聞こえました。

　中に入ってみますとほの暗いランプの明かりの中に、日本を発つ前に一度会ったことがある倖恵の伯母の芳が横たわっておりました。

「本当に来てくれたのですね、遠いスイスからありがとう。お腹がすいたでしょう。すっかり冷めてしまっていますが、夕飯を用意してあるので」と部屋の隅から箱膳を持ってきました。それはランプの明かりでもはっきりわかるほど、ご飯にはカビが生えており、みそ汁や煮物はどろどろに腐りかけておりました。

「さあ、おあがりください」という芳に、

「伯母さま、私、スイスからお土産を持って来たのですよ。マリオお父さまが作った下さったパンとチーズですよ。サラミもありますわ。これを食べて滋養をつけて元気になって下さいね」

　倖恵は芳の口に少しずつ運んでやりました。

「あー、マリオの味だ。戦時中のあの時は女3姉妹、それに千塚子やマリオやカイまでいて何と賑やかな日々であったろう」と懐かしそうに話し込む母と倖恵の声に、私、千塚子はそっと2人の隣に座りました。

「千塚子さんまたお会いできましたね」といって、倖恵は前の姿のままである私に気づき驚きました。

「失礼ですが、3年前にお会いした千塚子さんは、私より年上のはずが、せいぜい12、3歳にしか見えませんでした。あれから3年過ぎた今も、同じ年にしか見えません

が？」と不思議がりました。

「実は千塚子は12歳の時にチフスにかかり高熱が続きそのまま意識が戻らずに今でも死んでいるのか生きているのかわからない状態で寝たきりなのです。それでも夕暮れ時に、このように歩き回ることもあるのですよ」と母の芳が説明をいたしました。

「そうですか、長話をすると伯母さまもお疲れになるでしょうから今夜はこれで失礼いたします」といって次の間に下がりますと、部屋からも蒲団からもカビの臭いがしました。

次の日、陽が昇り始めたとき、手伝いの女がやってきました。

「まあ、いらっしゃっておられたのですか。芳様がお客様がお見えになるから膳の用意をしておくれと言われるので、料理を作って待っておりますと誰も見えません。それを、もう何回も繰り返しましたので、お膳を下げないでそのままにしておきました。早速新しいものをおつくりいたします」とその女はきびきびと御膳所に向かった。

県会議長夫人黒沼が供出するようにと言った、御大名様のご食事を煮炊きした大釜はどれも錆びついて雨水が溜まってペンペン草が生えておりました。

その隣に小さな釜が置かれておりそこで煮炊きをするのでした。

「夕べ篝火の前に誰か女が立っておりませんでしたか」

手伝いの女が倖恵に聞きました。
「お玉さんとおっしゃる方ですか」
「そうです。お玉さんはかわいそうな女で、ここの婿の泰次郎の妹です。嫁ぎ先で男の子を死産しまして、その上婚家を追い出されてしまって、井戸に飛び込んで死んだのです。『女３界に家なし』とでも言うのでしょうか、死んでも帰るとこがなくって、夜な夜なこの屋敷に入ろうとするので篝火を焚いているのです」
「そうですか。お玉さんに手を引かれた時にこの世の者でないと分かりました。本当に男の子を産めない女は惨めですね」

　ご養所裏の墓に倖恵が来る気配がしたので私、千塚子は立って待っておりました。
「お姉さま、妹の倖恵です」と、立っている私に気づかないのか墓に向かって声をかけました。
「貴女の便りはいつも千塚子と私に喜びを運んでくれたわ。スイスに行っても手紙を書いてくれてありがとう。私達がこの世に留まっていられるのも、倖恵さんあなたのおかげですよ」と碧い眼の千塚子が答えました。
　双子だったためでしょうか。それとも倖恵には特別な力が備わっているのでしょうか。声にならない声が聞こえることに倖恵は不思議に思っていないようすでした。

　倖恵は私達にスイスで美和がマリオに抱かれてマリア様のように優しいお顔になって亡くなったことを話しま

した。

「美和は安らかに亡くなったのね」と芳が申しますと、

「いいえ、とても苦しまれたと思います。美和お婆様は、自分の声をマリア様にささげたのです。咽頭癌で声を失い水さえ飲めなくなって、それでも一錠の薬も飲まずに、『この痛みが今までマリオを顧みなかった罪の贖罪なのです。絹が姦通罪に問われることを恐れて倖恵を養子に出し、あまつさえ双子の碧い眼の赤子を見殺しにしたことはどんな言い訳も許されないことだ』と痛みに耐えていらっしゃったそうですよ」

「戦時中のことと言えば言い訳になるけど、あのころは皆気が違っていた。人が人を殺すために国をあげて夢中になっていた時ですもの」

「美和伯母様は私に何通もの手紙を書いてくれていたの。一目会って詫びたい。最後は微笑みながら亡くなられたけれど、彼女に握られていたマリオの手は真っ青に色が変わるほど強く握られていたらしいわ」

「実は残念なことがあるのよ。倖恵さん、今まで言えなかったけれど、貴女の実の母は私の妹の絹なのよ。絹はこの碧猪村を出て一年もしないで一家心中で亡くなったの。お腹にはもう子が宿っていたという話です」

　すると倖恵ばかりでなくマリオと絹にいたずらをした狐狸魍魎が頭を垂れてすすり泣くのでした。

　次の日、芳は眠るように亡くなり、私、千塚子も、もう息をすることはありませんでした。

葬式を済ませてくれた倖恵に、
「倖恵さん、お爺様の聡一郎様が私達を迎えにきております。私達は黄泉の国に旅立ちます」と私達2人の千塚子と芳は旅立ちました。倖恵はこぶし大の石を拾って、着ていたワンピースの黒いベルトを石に巻きつけ止め石として御成門の前に置きました。
「狐狸魍魎よ、お前達は、もう碧小路家の者たちですよ。いたずらをやめて今後は誰も護る者がいなくなったこの墓を守るのです。御成門に隠れているお玉さん、ここで皆と一緒に安らかに眠るといいわ。だってもう貴女も碧小路家の者ですもの」

　倖恵は3人の魂を見送ると、羽田空港に急ぎました。抜けるような秋空に東京オリンピック開催のファンファーレが響き渡りました。興奮したアナウンサーは、声高く宣言するのでした。
「日本で初めてのオリンピックが開催されようとしています。戦後の荒廃からここまで発展した日本は、もはや戦後ではありません。新しい若人の時代が始まろうとしているのです」
　各国から選ばれた競技者と一体になって国立競技場からは歓声があがりました。
　それまでてきぱきと事を運んでいた倖恵の心は、すっかり恋する乙女に戻りオリンピック競技場の歓声を後にして、羽田から恋人が待つスイスへと飛び立ちました。
「千塚子、戻ってはいけない。今、黄泉の国に行かない

と塵芥になってしまう」と言う聡一郎の制止も聞かず、黄泉路の途中から戻って来た二人の千塚子が、御成門の前におりました。聡一郎と芳の悲痛な叫び声もやがて聞こえなくなりました。

「世の中はもう戦後ではないと言っているけど、きっとお父様は帰っていらっしゃるわ。一人でも帰れない兵隊さんがいたら、その戦争は終わりではないわ、そうでしょう」

　　　　　　　　　　　　　　　　　　完

あとがき

　イタリアに興味を持ったのは、ダン・ブラウンの『天使と悪魔』を読んでからだ。もっともらしく事件現場の歴史的施設の詳細を書いているが、本当だろうか？　一番疑問に思ったのはパンテノン神殿からポポロ広場まで車で一分と書いてある。人ごみを抜けてそんなに早く着けるものであろうか？　　2015年初版本「聖女の罪と罰」のあとがきから

　それらの検証のためにイタリアに二度、短期語学留学をし、イタリアに来たならばオペラよねとその勉強も始めた。語学学校の校長には「ここは旅行案内所ではない」と言われながら、文字通り観光もばっちりした。親しみやすい地元のおばちゃんたちに助けられながら、イタリアにも日本と同じように第二次世界大戦の傷痕がそこかしこに残っているのを見て歩いた。6年の月日を経てそうして出来上がったのが「聖女の罪と罰」である。

　初版本「聖女の罪と罰」は全編に華やかな空気を纏ったオペラが物語を紡ぎ、イタリアの明媚な景勝地が物語に彩りを添えた。しかし何故かヒロインに付きまとう呪いのような不幸、さらに戦局の悪化でヒロインは居場所迄を奪われてヨーロッパやアフリカなど彷徨し、外交官夫人として第二次世界大戦直前に日本に戻った。確執を抱えた三姉妹であったが元・本陣であった広い屋敷で終戦時には互いの秘密を打ち明けるまでになった。第二次

世界大戦は終結し、歌姫碧小路美和の物語は第一回東京オリンピックで終わる。

「聖女の罪と罰」は歴史的資料を参考にして私の出会った方々のイメージを頂きながら書き上げた小説であった。

　私は９・１１テロ事件までは平和の継続を疑わなかった。そのストーリーと登場人物に一瞬でリアリティを与えたのはロシアによるウクライナ侵攻である。

　第二次大戦終戦後の日本を振り返ってみれば、政府機関・報道関係による次のような大々的に女性を募集する広告があった。
国家的事業ニ挺身セントスル大和ナデシコノ奮起ヲ確カメル最高収入、特殊慰安施設協会 キャバレー部」
「**国家的事業ニ挺身セントスル大和ナデシコ**」とはアメリカ進駐軍に日本の女性を慰安婦（売春婦）として差し出すことであった。女性は一日に数十人もの外人たちの相手をさせられたが、その施設は日本人オフリミットであったので終戦後7カ月の間日本人に知られずに続けられた。
　その後、施設は閉鎖され、巷に放り出された彼女たちはパンパンと呼ばれ日本国民から冷たい眼で見られ、されに悲惨な運命をたどることになる。

　新刊「亡国の聖女の罪と罰」ではヒロインがその施設に慰安婦として一夜を過ごすはめになり、著者は書いているうちにヒロイン同様、心身共に深いダメージを受けた。

この小説は、時代と国、読む人によって魔物のように変化をする。最初はヒロインとオペラの華やかな舞台と華麗な名勝地を巡るワクワクドキドキする映画になるはずであった。

　しかし、ウクライナやパレスチナの現在進行中の戦争が終結しそうもない今、やっと安らぎを得て眠りについていたヒロイン美和は、新刊ではさらなる過酷な試練にさらされて、どこまで巻き込まれていくのだろうか。

2024年5月15日　記

参考オペラ

（オペラ対訳プロジェクトさんのサイトを参考にさせていただきました。対訳をなさっている方々ありがとうございます）

蝶々夫人

Madama Butterfly
長崎・江戸末期。蝶々さんは15歳で叔父に芸者としてアメリカ海軍士官ピンカートンに売られました。
偽の結婚式ともしらず彼の心ない言葉を信じ待ち続けた蝶々夫人。
アリア『ある晴れた日に』は日本でもよく知られている。
プッチーニ（Giacom Puccini）作曲

ワルキューレ

Die Walküre
神の長であるヴォータンと勇敢な騎士である娘・ブリュンヒルデ。
二人は父娘以上の信頼で結ばれていたが、ヴォータンの命に背いて不倫の兄妹を助けてしまう。
父・ヴォータンは娘に過酷な命令を出します。
ワーグナー（Richard Wagner）作曲

ラ・ボエーム

La bohèm
1830年代ごろのボヘミアン仲間の話。当然ながら貧乏でそれでも皆才能があると思っていた。貧しいお針子ミミ。蠱惑的なムゼッタが歌う『私が街を歩けば』が花を添える。
プッチーニ（Giacom Puccini）作曲

ナブッコ

Nabucco
旧約聖書を題材とした歴史もので、「バビロンの虜囚」を題材にしている。長編で日本人には理解しづらい。
3の3幕『行け我が想いを黄金色の翼に乗って』はイタリアの第二国歌ともいわれている。
ヴェルディ（Guiseppe Verdi）作

死の都

Die tote stadt
パウルは若くして死んだ妻マリーの思い出を引きずって、一部屋を「ありし人の教会」といって部屋に閉じこもっている。
コルンゴルト（Erich W. Korngold）作曲。
ユダヤ系のためアメリカに移住。つい最近まで上演される事はなかった。

著者プロフィール

碧 千塚子

1942年7月27日生まれ。獅子座。茨城県日立市生まれ。
さいたま市在住。

日立第二高等学校卒。茨城キリスト教短期大学英語科卒。
ミシガン・アクション・イングリッシュ修了。イタリア、
ローマ、フィレンツェ語学学校短期留学。

アメリカ・メイン州の小学校でインターン。ミュージカル風
「浦島太郎」を脚本、演出、上演。

2015年小説「聖女の罪と罰」自費出版。電子書籍出版。翻訳
版'Untold Truths of Saints'をアメリカで出版。2022年文化
庁の支援で「珠玉のオペラアリアで綴る歌物語」公演。

2024年6月出版予定　新刊「亡国の聖女の罪と罰」

亡国の聖女の罪と罰

2024年7月10日　初版第1刷発行

著　者　碧千塚子
発行者　谷村勇輔
発行所　ブイツーソリューション
　　　　〒466-0848 名古屋市昭和区長戸町4-40
　　　　TEL：052-799-7391 / FAX：052-799-7984
発売元　星雲社（共同出版社・流通責任出版社）
　　　　〒112-0005 東京都文京区水道1-3-30
　　　　TEL：03-3868-3275 / FAX：03-3868-6588
印刷所　藤原印刷

万一、落丁乱丁のある場合は送料当社負担でお取替えいたします。
ブイツーソリューション宛にお送りください。
©Chizuko Aoi 2024　Printed in Japan　ISBN978-4-434-33714-7